〈중앙아시아 여행기 1: 카자흐스탄/키르기스스탄〉

천산이 품은 그림 1

송근원

〈중앙아시아 여행기 1: 카자흐스탄/키르기스스탄〉

천산이 품은 그림 1

발 행 | 2020년 6월 23일

저 자 | 송근원

펴낸이 | 한건희

펴낸곳 | 주식회사 부크크

출판사등록 | 2014.07.15.(제2014-16호)

주 소 | 서울특별시 금천구 가산디지털1로 119 SK트윈타워 A동 305호

전 화 | 1670-8316

이메일 | info@bookk.co.kr

ISBN | 979-11-372-0609-0

www.bookk.co.kr

이 책은 2018년 10월 3일부터 11월 31일까지 약 두 달간의 여행기록 중 일부이다. 곧, 이 기간 동안 카자흐스탄, 키르기스스탄, 조지아 아르메니아를 여행하였는데, 이 가운데, 카자흐스탄과 키르기스스탄의 여행기록이다.

곧, 〈중앙아시아 여행기 1: 천산이 품은 그림 1〉은 주로 카자흐스탄의 알마티와 알마티 근교에 있는 쉼불락, 샤린 협곡, 카인디 호수, 콜사이 호수, 빅 알마티 호수, 그리고 키르기스스탄의 비슈케크와 그 근교인 알라 아차 국립공원을 돌아본 후 이식쿨 호수의 북쪽으로 길을 잡아 촐폰 아타, 카라콜을 거쳐 다시 호수 남쪽의 제티오구즈, 페어리 테일 등을 구경하고, 발릭치를 거쳐 나린으로 내려가기 전까지의 기록이다.

한편 〈중앙아시아 여행기 2: 천산이 품은 그림 2〉는 나린으로 가 그곳에 거처를 두고 타쉬라밧과 아트바시 유적을 구경한 후 다시 비슈케크로 와 알라메딘 국립공원을 본 후, 카자흐스탄의 알마티로 다시 돌아와 알마티 근교인 부타코브카, 메데우, 식물원, 대통령공원 등을 관광하고, 아스타나를 방문하여 아스타나 시내를 돌아다닌 것을 기록한 것이다.

물론 두 달 간의 여정 중 조지아와 아르메니아는 따로 〈조지아 아르메니아 여행기: 코카사스의 보물을 찾아 1, 2, 3〉에 수록되어 있다.

〈중앙아시아 여행기 1: 천산이 품은 그림 1〉과 〈중앙아시아 여행기 2: 천산이 품은 그림 2〉에 기록된 카자흐스탄과 키르기스스탄 여행은 사실 한마디로 너무나 황홀한 여행이었다.

이 여행의 대부분은 천산산맥 속에서 이루어졌는데, 하늘은 새파랗고, 눈을 인 고봉들이 줄지어 파노라마를 연출하는 풍경은 너무나도 사람을 감격스럽게 만든다.

흰 눈이 쌓인 높은 산과 그 산 위에 걸쳐 있는 하얀 구름, 그리고 눈밭이 된 초원에서 풀을 뜯는 양떼와 말떼들은 자연이 그려낸 그림 그 자체였다.

누가 이런 아름다운 그림을 그릴 수 있겠는가!

한마디로 천산이 품고 있는 풍경이요 그림이다.

샤린 협곡과 페어리 테일 협곡은 그야말로 동화 속의 이야기가 흘러나오는 그런 협곡이었고, 카인디 호수의 녹색 물빛과 호수 속에 죽어 기둥만 남은 나무들은 환상 그 자체였고, 고봉들 속에서 운무로 뒤덮인 빅 알마티 호수는 한 폭의 동양화였으며, 노란 단풍과 푸른 콜사이 호수의 물빛 역시 아무데서나 볼 수 없는 비경이었다.

타쉬라밧으로 오가는 길은 그 자체가 파노라마였고, 눈 속에 솟아오른 고봉들은 경외감을 불러일으키기에 충분하며, 감탄사를 연발하게 만드는 마술 같은 풍경이었다.

여행에서 돌아온 지 불과 넉 달이 지났지만, 다시 한 번 가보고 싶은 곳들이다. 이들 풍경들은 다시 한 번 이곳을 방문하게 만드는 마력이 있는 것이다.

이러한 천산이 품은 비경은 또한 그 나름대로 고대의 전설과 신화를 간직하고 있다.

특히 천산의 높은 산들은 우리의 단군신화와도 관련되는 듯하고, 아스타나의 박물관에서 본 황금갑옷과 칼, 그리고 무덤 양식과 비석 등은 우리의 고대 역사 및 문화와 깊은 관련성이 있는 듯하다.

한편, 카자흐스탄의 수도인 아스타나에 새로 지어 놓은 거대한 건물들은 그 자체가 건축예술의 위대함을 보여주는 대작들이다.

이러한 예술적인 건축물들은, 푸른 하늘과 대비되는 흰 눈을 이 고봉들, 큰 호수, 그리고 협곡 등 천산이 품고 있는 자연이 보여주는 풍경들과 대비되면서, 여행에 새로운 맛을 더해 준다.

이 두 권의 책을 읽는 분들께선 이 책을 통해 중앙아시아 여행에 관한 정보를 얻고 그것이 중앙아시아 여행에 조금이나마 도움이 되었으면 좋겠다.

이 책들을 통해 천산이 품은 그림과 전설을 즐겨 주시면 고맙겠다.

2019년 2월 전자출판하고,
2020년 6월 칼라판 종이책으로 출간함
송원

차례

인천공항(2018.10.3)

1. 귀찮으면 돈이 많든가~ ▶ 1

인천 공항

카자흐스탄: 알마티
(2018.10.4-10.7)

2. 한국 음식이 그리우면 여기로 오시라!
   ▸ 6

3. 단군할아버지는 어디에서 태어나셨을
   까? ▸ 14

4. 소원을 비는 아이 ▸ 24

5. 참 훌륭한 음식점이로고! ▸ 32

6. 빤스만 입고 들어가 참선햐? ▸ 37

황금인간

카자흐스탄: 샤린/카인디/콜사이/
빅 알마티(2018.10.8-10.10)

7 살아 있는 샤슬릭 ▸ 46

8. 시도 먼저, 걱정 나중! ▸ 57

9. 어찌 말을 믿나? ▸ 63

10. 일체유심조(一切唯心造)라! ▸ 73

빅 알마티

알라 아차

키르기스스탄: 비슈케크
(2018.10.11-10.12)

11. 깨끗한 화장실이 공짜라서 그런 거
    아닐까? ▶ 82

12. 인생을 즐기는 비밀 ▶ 88

13. 여기에도 봉분이……. ▶ 99

키르기스스탄: 이식쿨
(2018.10.13-10.16)

14. 이백(李白)이 태어난 곳이라고?
    ▶ 106

15. 저눔들도 경로우대인가? ▶ 115

16. 하루만 젊었어도! ▶ 120

17. 슈퍼맨! ▶ 125

제티 오구즈

설산과 양떼

18. 작은 일에 늘 기뻐하고 감사하는 사
    람들 ▸ 135

19. 저 분은 뉘신지? ▸ 144

20. 물 수출국가의 위신이 말이 아니다.
    ▸ 152

<u>책 소개</u> ▸ 159

1. 귀찮으면 돈이 많든가~

2018년 10월 3일(수)

이번 여행은 약 두 달 간으로 계획되었다.

계획이란 게 별거 아니다. 일단 비행기 표부터 끊어놓고 인터넷을 뒤쳐 가는 곳의 정보를 수집하면 된다.

물론 가는 나라에 관한 기본 정보는 어느 정도 있어야 어느 나라에 어느 정도 머물지를 결정할 수 있다.

왜냐하면, 여러 나라를 여행하는 경우, 각 나라에 머물 기간을 미리 정해놓고서 표를 끊어야 하는 까닭이다.

떠나기 한 달 전, 그러니까 9월 5일 드디어 비행기 표를 끊는다. 원래는 한 달 정도 다녀올까 했는데, 이 선생 부부가 두 달로 우기는 바람에 대충 두 달로 끊은 것이다.

값싼 비행기 표를 끊기 위해서 우리는 플라이트그라프(Fltgraph)라는 컴퓨터 앱을 주로 사용했다. 그런데, 회사 사정으로 금년 10월 31일자로 예약 발권 업무를 중단한다고 한다.

참 안타까운 일이다. 그 동안 잘 사용했는데…….

이 앱은 중간 기착지를 정해 놓고, 그 나라에 머물 기간을 전후하여 싼 비행기를 구하는 방법을 제공해 줌으로 매우 유용하다.

일단 대충 짜 놓은 일정을 보면, 인천공항을 10월 4일 0시 40분 출발하여 카자흐스탄의 알마티로 간다. 알마티 도착은 04시 30분.

카자흐스탄의 알마티와 키르기스스탄의 비슈케크, 이식쿨, 송쿨 등은 10월 4일부터 10월 24일까지 20일 정도를 잡았고, 그 다음 알마티에서

인천 공항

10월 24일 19시 30분 비행기로 조지아의 트빌리시로 가면 같은 날 2시 40분이 된다.

코카사스 3국(조지아, 아르메니아, 아제르바이잔) 여행은 10월 25일부터 11월 23일까지 약 30일 정도 잡고, 11월 23일 23시 10분에 트빌리시를 출발하여 다시 카자흐스탄의 아스타나에는 다음 날 04시 25분 도착한다.

아스타나에서는 약 일주일 머물고, 아스타나에서 11월 30일 0시 30분 출발하여 인천 공항에는 9시 45분 도착하는 여정이다.

비행기는 모두 아스타나 항공이고, 표 값은 세금 등 포함하여 일인당 991,700원이다.

예상 비용은 현지 호텔, 식비, 교통비 등을 포함하여 하루 6~8만 원 정도로 잡으면, 두 달에 400만 원 정도 들 것이다. 부부 항공료까지 포함하면, 한 달에 300만 원 정도 된다. 물론 쓰기 나름이니, 조금 편하게 쓴다 해도 월 400만원이면 충분하다.

입국 심사에 대비하여 비행기에서 내려 처음 머무는 곳의 주소를 알아야 하는데, 그러기 위해서는 부킹닷컴 등의 앱을 이용하여 미리 예약을 해야 한다.

출국 일주일 전 쯤 이 선생으로부터 전화가 왔다.

아스타나 항공 홈페이지로 들어가면, Stopover Holidays라는 특별 프로그램이 있는데, 이 비행기를 이용하는 분들에게 호텔 첫날밤을 1달러에 제공하는 프로그램이라며, 이 선생 부부는 알마티의 라마다 인에 예약해 놓았으니 우리도 미리 예약을 해 놓으라고 한다.

덕분에 1달러에 고급호텔에서 잘 수 있게 되었다.

1. 귀찮으면 돈이 많든가~

함께 여행을 하면 이런 여행 정보를 거저 얻을 수 있어 좋다. 물론 홀로 여행하시는 분들도 비행기 표를 예약해 놓으면, 반드시 그 비행기 홈페이지에 들어가 이것저것 살펴보시라고 권하고 싶다.

항공사에서 제공하는 1달러 호텔도 있고, 그 이외에도 이용할 수 있는 특별 제안이나 프로그램들이 있기 때문이다.

전화를 받고 바로 우리도 알마티의 라마다 인 호텔에 예약을 한다.

비행기 표는 주내와 나 둘이니까 나중에 돌아올 때에는 아스타나에서도 하룻밤 1달러에 잘 수 있겠다 싶어 트빌리시에서 아스타나로 가는 날 호텔도 예약하려 했더니 안 된다.

아! 슬프다. 왜 안 될까?

Stopover Holidays 프로그램에 들어가면 묵을 도시와 호텔을 선택하게 되는데, 여기까지는 아무 문제가 없다.

문제는 항공권 예약 번호를 치라는 것인데, 예약 번호를 쳐보지만 알마티에서 예약한 번호라서 안 되는 것이다. 그 예약 번호로는 이 프로그램이 한 번만 적용되기 때문이다.

이럴 줄 알았으면, 주내 표와 내 표를 각각 끊을 걸!

각각 끊었다면, 예약 번호도 두 개이고, 1달러 호텔 예약도 두 번 할 수 있었을 테데……,

옛날에도 이런 일이 있었다.

포르투갈 여행 때였는데, 가방을 도둑맞은 적이 있다. 그 당시 비행기 표를 국민카드로 구매했었는데, 다행히도 국민카드에서 50달러 한정으로 보상해주는 프로그램이 있었다.

결국 여행이 끝나고 나서, 도난 받은 품목과 가격 등을 적은 현지

인천 공항

경찰이 준 증명서를 제출함으로써 국민카드에서 50달러까지 보상을 받은 적이 있다.

이때 알게 된 것은 비행기 표를 끊을 때에는 각각 자신의 카드로 따로 끊어야 한다는 것이다.

그랬으면, 주내 50달러, 나 50달러, 100달러까지 보상을 받을 수 있었을 텐데, 주내와 내 표를 한꺼번에 한 장의 카드로 끊는 바람에 50달러밖에 보상을 못 받은 것이다.

이후, 여행을 할 때에는 각각 비행기 표를 끊는다고 굳게굳게 다짐을 했음에도 불구하고, 귀찮아서 그냥 같이 끊었기에 아스타나에서 제공하는 혜택을 한 번밖에 못 받은 것이다.

따로 따로 끊으려면 똑같은 예약 절차를 반복해야 하고, 주내를 불러 주내 카드를 가져오라 해야 하고, 그 카드로 결제를 해야 하고, 전자 항공권 발행확인서를 각각 찾아서 인쇄해야 하고, 이런 귀찮음 때문에 그냥 같이 끊은 것이다.

귀찮으면 그만큼 돈이 많든가!

조금이라도 돈을 아끼려면, 요런 귀찮음쯤은 감수해야 한다.

벌써 두 번째다.

내 사전에 세 번까지는 용서한다. 그렇지만 네 번 이상은 안 된다는 철칙이 들어 있다. 이건 다른 이들에게 적용하는 철칙이지만, 나 자신에게는 좀 더 엄격하다. 그래서 나 자신에게는 두 번까지는 용서한다. 그렇지만 세 번 이상은 안 된다.

간신히 자신을 용서한다. 이제 더 이상 물러 설 곳이 없다. 그러니 앞으로는 주내 표 내 표 각각 끊을 것이다.

1. 귀찮으면 돈이 많든가~

이 글을 읽고 여행을 좋아하시는 분들은 동반자가 있을 때, 반드시 표를 각각 끊으시라! 지불도 다른 카드로!

정말 중요한 팁이다.

그리고 하나 더!

한 달 이상 외국으로 여행을 나갈 때에는 월말에 나갔다 다음 달 월초에 들어오도록 계획을 짜시라!

한 달 이상 외국에 있을 때는 건강보험료가 면제된다.

이건 나도 이번 여행에서 돌아와 안 것이지만, 건강보험에 물어보니 건강보험료 부과는 한 달씩 한다고 하는데, 예컨대, 이번 달 월초에 나갔다가 다음 달 월말에 들어오면, 보험료는 두 달 모두 부과된다.

왜냐하면 이번 달이나 다음 달 단 하루라도 국내에 머물기 때문이다.

만약 월말에 나갔다가 다음다음 달 월초에 들어오면 한 달 치 보험료가 면제된다. 예컨대, 9월 30일 출국하여 11월 1일 귀국하면 10월 한 달 건강보험료가 면제된다.

물론 돈이 많으면 이런 거 신경 안 써도 된다. 그리고 내가 낸 건강보험료는 다른 아픈 분들을 위해 성스럽게 쓰일 테니 깡충깡충 뛰면서 기뻐하셔도 된다.

이런 걸 보면, 돈이 많은 건 참 좋은 거다.

인천 공항

2. 한국 음식이 그리우면 여기로 오시라!

2018년 10월 4일(목)

10월 4일 새벽 0시 40분 비행기니, 10월 3일 점심을 먹고 부산에서 인천공항으로 가야 한다.

점심 먹고 해운대에서 인천공항 가는 리무진을 탄다.

공항에 도착하여 저녁을 사먹고, 빨리 하루가 지나가기를 기다린다.

그리고는 드디어 비행기에 탑승한다.

비행기는 0시 40분 이륙하여 반달이 떠 있는 밤하늘을 날아간다.

알마티와 한국간의 시차는 3시간이다. 도착은 새벽 4시 반이지만, 한국 시간으로는 7시 반일 것이다.

인천 공항: 출발

비행기 속에서 밖을 보다가, 잠깐 졸다가, 또 졸다가, 전화기를 켠다.

물론 전화기는 비행기가 이륙할 때 비행 모드로 돌려놓았지만, MAPS.ME라는 앱은 인터넷이 안 잡혀도 현재 나의 위치를 가르쳐준다.

MAPS.ME 앱

이 앱을 켜니 정말 재미있다. 현재 나의 위치가 표시된다. 그리고 더더욱 신기한 것은 현재의 고도와 함께 이동속도도 나타난다.

여행하시는 분들은 이 앱을 깔고 시험해보시라. 실제로 높은 산을 오를 때에도 고도를 표시해주기 때문에 내가 몇 미터 고지에 있는지를 보여주는 유용한 앱이다.

새벽 5시가 채 안 되어 알마티 국제공항에 도착한다.

수속은 그렇게 복잡하지 않다.

밖으로 나오니, 택시기사들이 붙잡고 택시 타라고 성화다.

우린 점잖게 고개를 흔든다.

왜냐고?

1달러짜리 고급 호텔에서 우릴 모시러 나오기로 했으니까! 물론 셔틀 서비스도 공짜, 아니 1달러 숙박비에 포함되어 있다.

라마다 인 호텔에서 나온 운전기사가 내 이름을 들고 있다.

카자흐스탄 알마티

일 달러에 첫날밤을 보낸 라마다 인

우리 부부 짐을 들어 차에 싣는다.

이 선생 부부는?

물어보니 자기는 우리 부부만 담당한다고 한다. 차도 크고 트렁크도 큰데, 넷이 타도 충분할 텐데…….

그러나, 이 기사 양반 호텔에 전화를 걸고 통화를 한다. 그러더니 이 선생 부부에게 조금 기다리라 한다.

또 다른 택시가 와서 이 선생 부부를 태운다.

고놈들 참, 차 한 대만 보내도 될 텐데 따로따로 보낸 것이다.

허긴 호텔 측에서 손님 입장을 생각해보면. 손님들끼리 서로 알지 못하는 경우도 있을 테니 따로 따로 보내는 게 맞다.

얼마 후 호텔에 도착한다.

2. 한국음식이 그리우면 여기로 오시라!

카자흐스탄 사람들은 자존심이 강해서 팁을 주면 기분 나빠한다는데, 운전기사에게 팁을 줘야 하나 말아야 하나?

잠시 갈등이다.

단호하게 인터넷을 믿기로 한다.

팁이든 셔틀 비용은 호텔에서 알아서 할 테니까, 내가 괜히 팁 주고 기분 나쁘게 할 필요는 없지 않은가라는 생각이 들어서이다.

라마다 호텔에 짐을 맡겨 놓고 일단 밖으로 나와 아침 먹을 곳을 찾는다.

호텔에서 나와 남쪽으로 걷는다.

아침이라서 그런지 공기는 신선하다. 걷다보니 커다란 빵집이 보인다.

출근 전에 사람들이 아침 식사를 하고 있다.

웨이트리스가 와서 주문을

바이코누르 전철역

카자흐스탄 알마티

알마티 남쪽의 설산 모습

받는데, 한국에 대해 관심이 많다.

한국 드라마를 보고 한국을 좋아한다고 하면서 우리말을 공부하고 있다면서 서투른 한국말로 진열된 빵과 요구르트 등을 설명해준다.

우리나라를 좋아하는 사람들을 만나면 나도 모르게 뿌듯해진다.

설명을 듣고 우린 빵과 요구르트 등을 시켜 맛있게 먹는다.

전철역에서 전철을 타고 시내로 들어가기 위해 밖으로 나와 지도를 보며 남쪽으로 계속 걷는다.

저쪽으로 보이는 설산이 아름답다.

바이코누르 전철역(Baikonur Subway Station)으로 들어간다. 전철역 내부의 치장이 아름다운 현대식이다. 잘 꾸며 놓았다.

시간은 벌써 10시 가까이 되었다.

2. 한국음식이 그리우면 여기로 오시라!

젠코브 성당(Zenkov's Cathedral)에 가까운 즈히백 졸리(Zhibek Zholy) 전철역에서 내린다.

내려서 조금 걷다 보니 커다란 육중한 건물이 나타나고 그 앞으로는 분수가 물을 내뿜고 있다.

지도를 보니 카자흐-브리티시 기술대학(Kazakh-British Technical University)이다.

목적지인 젠코브 성당으로 향한다.

지도상으로는 얼마 안 되는 거리인데도 한참을 걸어간다.

숲으로 둘러싸인 한가운데에 성당이 자리 잡고 있는데, 현재 공사 중이다.

안으로는 들어가 볼 수 없지만 외관만 구경해도 볼 만하다.

젠코브 성당

카자흐스탄 알마티

성당 앞 광장에는 웬 비둘기가 이리 많은지!

비둘기들이 시민들과 놀고 있다.

광장을 가로질러 내려가면 잘 가꾼 나무들이 도열해 있는 판필로프 공원(panfilov Park)을 지난다. 거기에는 뉘신지 잘 모르지만 커다란 동상이 하나 있다.

나중에 알고 보니 이 동상은 카자흐스탄의 인민 영웅인 바우이르잔 모미슐리((Bauyrzhan Momyshuly: 1910-1982)의 기념동상이다.

그 앞길을 건너니 시장이다.

아마도 어떤 여행기에서 읽은 그린 바자르(Green Bazar)인 모양이다.

시장은 늘 복작복작하다. 그리고 활기가 넘친다.

젠코브 성당 북쪽 길 건너 오른쪽의 시장

2. 한국음식이 그리우면 여기로 오시라!

허긴 없는 것이 없으니 활기찰 수밖에!

이 시장 안으로 들어가면 고려인들이 우리 음식을 파는 매장이 늘어선 곳이 있다. 김밥도 있고, 김치도 있고…….

우리나라를 떠난 지 얼마 안 되었지만, 그래도 우리 동포들이라 생각하니 왠지 마음이 정겹다.

그렇지만 우리 음식에 대한 미련은 아직 없어 호두와 호박씨 등 견과물 등을 조금 산다.

알마티에 여행오신 분들 가운데 한국 음식이 그리우면 이 시장을 들리시라!

카자흐스탄 알마티

3. 단군할아버지는 어디에서 태어나셨을까?

2018년 10월 5일(금)

아침 느지막이 일어나 아침을 먹고, 짐을 꾸린다.

이 호텔은 하루에 100달러가 넘는 호텔인지라 비록 어제는 아스타나 항공에서 1달러에 재워주었지만, 계속 머무를 수는 없기 때문이다.

인터넷을 뒤져 새로 예약한 중저가 호텔로 옮겨야 한다.

좋기야 일류 호텔이 좋긴 하지만, 장기 여행을 하는 처지에 이런 데 서만 머물면 그 비용을 어찌 감당하겠는가?

우리는 분수를 안다.

소크라테스의 "너 자신을 알라!"라는 말은 사실 우리에게는 필요 없 는 말이다.

그럼에도 이런 말을 지껄인 소크라테스가 위대한 성인으로 추앙받는 것을 보면, 분수를 모르는 사람들이 이 세상엔 많다는 얘기다.

이처럼 우리는 하나를 보면 둘을 안다. 적어도 소크라테스 씨가 살 아 있을 때만큼은 분수를 모르는 인간들이 널려 있었을 것이라는 사실을 미루어 짐작할 수 있다.

각설하고, 12시까지 시간을 꽉 채우고 나서 체크아웃을 한 후 짐을 끌고 이 선생 부부와 우리는 새 호텔로 이사를 한다.

옮긴 호텔은 밀덤 익스프레스라는 호텔인데, 라마다 인에서 그렇게 멀리 떨어진 거리에 있는 것은 아니다.

새로 들어간 호텔은 좋은 호텔에서 있다 와서 그런지 별로 맘에 들 지 않는다. 아침식사도 포함이 안 되고, 조금 후지다.

내일은 다른 호텔을 찾아봐야겠다.

일단 짐을 푼 다음 전철역으로 간다.

오늘의 목적지는 카자흐스탄 국립중앙박물관이다. 전철을 타고 아바이(Abay) 역에서 내린다.

밖으로 나오니 크멥 대학(KIMEP University)이 바로 옆에 있다. 지도를 따라 박물관을 향해 걷는다. 걷는 거리가 꽤 된다.

가는 길에 LES 호스텔이 보인다. 겉모양이 참 깨끗하다.

일단 들어가 방을 본다.

비교적 싸고 시설이 훌륭한 비즈니스 호텔이다.

이 호텔로 옮겨야겠다.

이 박물관은 카자흐스탄 문화사 박물관으로 유명하다.

500텡게르, 약 1,500원의 입장료를 내고 건물 안으로 들어간다.

카자흐스탄 국립중앙박물관

카자흐스탄 알마티

황금 갑옷   카자흐스탄 평복

　건물 안으로 들어서면, 정면 앞 벽에 카자흐스탄 지도가 있고 그 앞
에는 그 유명한 황금 갑옷이 전시되어 있고 그 옆에는 민속 옷을 입은
마네킹이 서 있으며, 천정 위로는 카자흐스탄 유목민들의 천막을 표현한
듯한 가운데가 뻥 뚫린 팔각형의 유리 천정이 있다.

　1970년 기원전 4세기 것으로 추정되는 높이 6m 직경 약 60m에
달하는 이식 쿠르간(Issyk Kurgan))을 알마티에서 약 50km 떨어진 지
역에서 발견했다.

　참고로 쿠르간(Kurgan)은 유라시아 대륙에 존재하는 거대한 왕릉을
말한다. 우리말과 같은 토씨를 사용하는 유라시아 전 지역의 공통적인
무덤 양식이다.

3. 단군할아버지는 어디에서 태어나셨을까?

이 지역에서 체인처럼 얽어 만든 사슬갑옷을 입은 최초의 미이라를 발굴했는데, 이 미이라는 약 18세의 남성으로 추정됐다.

이 무덤에서는 의류, 신발, 모자뿐만 아니라 상감기법으로 금을 입힌 보석, 금고리, 인형, 청동검, 황금검 등 4,000점 이상 유물을 발굴하였다.

그런 까닭에 이 쿠르간의 주인공들을 '황금 인간'이라고 부르게 되었다 한다.

1999년에는 아트라우(Atyrau) 초원에서 사르마티아 지도자와 그의 아내를 발굴하였고, 2007년에는 아스타나 외곽도로 건설지역에서 왕의 것으로 보이는 쿠르간을 발견하였는데, 여기에서 기원전 3-4세기경의 것으로 추정되는 황금 인간이 발굴되었다.

이런 것을 볼 때, 이곳은 기원전 4-5세기경부터 스키타이인의 활동 무대였음을 알 수 있다.

또한 우리나라 삼국시대의 황금 보검 장식이 여기에서도 발견됨을 볼 때, 이들과 우리나라는 어떠한 관련이 있을까?

신라시대의 왕릉도 적석목곽분 형태를 보이는 북방형 쿠르간인데 왜 멀리 떨어진 경주에 이런 무덤 형태가 발견되는지는 아직 의문에 싸여 있다.

이곳은 우리나라에서 3,000킬로미터나 떨어져 있는데, 우리나라 삼국시대부터 이들과 문명교류가 활발히 이루어졌다는 말인가?

당시의 교통 상황을 생각할 때, 이보다는 신라의 지배계급들이 이곳으로부터 한반도로 이주한 것으로 보아야 할 듯하다.

어찌되었든 이 황금 갑옷은 이 글을 쓰고 있는 지금 우리나라 국립

카자흐스탄 국기

중앙박물관에 전시되고 있다. 곧, 국립중앙박물관에서 2018년 11월 27일부터 2019년 2월 24일까지 '황금 인간의 땅, 카자흐스탄'이라는 특별전에 카자흐스탄 유물 450여점과 함께 전시되고 있는 것이다.

한편, 카자흐스탄 국기는 푸른 바탕에 새가 태양을 받드는 형태를 띠고 있다.

바탕이 되는 하늘색은 하늘과 물을 나타내며, 자유, 독립, 미래를 위한 비상의 의미를 가진다고 한다.

국기에 그려진 새는 '삼룩(Samruk)'이라는 독수리인데, 이 독수리는 생명의 나무라 부르는 '바이테렉'에 둥지를 틀고 앉아 해를 상징하는 황금알을 키우며, 태양이 뜰 때에 태양을 떠받쳐 온 세상을 비추게 한다고 한다.

이를 볼 때, 카자흐스탄 역시 해를 받드는 신화와 전통을 가지고 있다고 하겠다.

한편 카자흐스탄 여성 전통의상은 붉은색 고깔모자에 붉은 깃털을

3. 단군할아버지는 어디에서 태어나셨을까?

꼽는데, 이는 '불꽃이 타오르는 형상'을 상징한다고 한다.

또한 귀족이나 상류층의 남성 머리는 '편두머리'이다. 어렸을 때 앞이마를 넓게 하고 뒷머리를 눌러서 만든 머리이다.

이러한 편두머리 등과 신화 등을 볼 때 우리 민족과는 아주 관련성이 깊다고 볼 수 있다.

이는 이 박물관에서도 확인할 수 있다.

이 박물관에는 한국관이 따로 마련되어 있고, 우리 밥상에 밥과 반찬을 진열해 놓기도 하고, 고려청자와 금관, 조각보, 그리고 상모를 흔들며 춤추는 농악 풍경을 전시해 놓았다.

카자흐스탄 인구는 2018년 현재 1,800만여 명이지만, 땅은 2,700,000 km²로서 엄청 큰 나라이다.

카자흐스탄 국립중앙박물관

카자흐스탄 알마티

미국 본토의 반 정도 되는, 한반도의 12배 정도 되는 세계에서 9번째로 큰 나라인데 다민족 국가이다.

곧, 카자크인이 63%이고, 러시아인이 23%를 차지하며, 이외에 우크라이나인, 우즈베크인, 위구루인, 타타르인, 독일인 그리고 우리 동포들이 여덟 번째로 많이 산다고 한다.

한편 카자흐스탄에서는 2016년 9월에 단군전이라는 기념주화를 발행하기도 했는데, 이 돈은 단군 할아버지 옆에 곰과 호랑이를 새겨놓고 단군전이라고 한글로 돈을 새김한 500텡게(약 1,500원)짜리 은화와 100텡게(약 300원)짜리 니켈합금 주화이다.

'단군전' 기념주화는 은화는 2,000개가, 은화보다 조금 작은 크기의 니켈합금 주화는 70,000개가 발행되었지만 지금은 구하기가 어려운 상황이다.

이 단군전을 발행한 이유가 카자흐인들이 단군을 시조로 삼기 때문이라는 설이 있는데, 이는 낭설이고, 다민족 국가로서

카자흐스탄: 단군전

각 민족별 신화를 주제로 삼아 기념주화를 발행한 것 중의 하나라 한다.

그러나 이 거대한 나라 남쪽의 알마티와 키르기스스탄, 그리고 중국의 경계에 있는 칸 텡그리 산은 높이가 7,010미터로서 카자흐스탄에서 제일 높은 산이며, 천산산맥에서 두 번째로 높은 산이다(여기에서 7,010미터는 봉우리의 눈과 얼음의 높이를 포함한 것이고, 바위로 된 산의 높

이 곧, 지질학적 높이는 정확하게 6,995미터라 한다).

이 산은 인터넷에서 확인해본 결과 스위스에 있는 마체호른과 비슷하게 생겨 가까이서 찍은 사진 상으로는 구분이 잘 안 된다 한다.

이 사진을 올려놓지 못해 미안혀유~. 그 놈의 저작권 법 때문에!

탱그리칸 산을 보시고 싶은 분은 〈오동석의 인문여행〉이라는 인터넷 블로그(http://thruguide.tistory.com/category/%EC%B9%B4%EC%9E%90%ED%9D%90%EC%8A%A4%ED%83%84/이다)를 참고하시라.

참고로 천산산맥에서 제일 높은 산은 탕그리 토크로 불리는 포베다 산으로 키르기스스탄과 중국과의 국경에 있는 높이 7,449미터의 산이다.

여기에서서 텡그리 칸의 '텡그리'나 탕그리 포크의 '탕그리'는 모두 유라시아 유목민족의 절대신인 '하늘 신(천신)'을 뜻하는 말로서 샤머니즘, 정령신앙, 조상숭배를 특징으로 하는 '하늘을 받드는 천신신앙'을 의미하는 말이다.

텡그리 칸의 '칸'은 '칸, 간, 감, 곰, 군, 한'과 같은 계통의 말로서 높은 지위를 나타내는 말이다.

그러니 텡그리 칸은 하늘을 받드는 종교의 수장을 의미하며, 제정일치 시기에는 최고통치자를 의미하기도 한다.

우리말에서 무당을 뜻하는 '당골'이라는 말 역시 텡그리와 같은 무리의 말 중 하나일 것이다.

우리 식으로 말하면 텡그리 칸은 단군을 뜻하는 말이다.

'텡그리'는 알타이어족의 공통 어휘 가운데 기원적으로 가장 오래된 어휘 가운데 하나로서 흉노의 관직명에 나타난다. 곧, 흉노의 지도자를 '선우'라 하는데 이는 '탱리고도선우(撐犁孤塗單于)'의 약자이며 의미는

'하늘의 아들 선우'라고 하였다.

여기서 '탱리(撑犂)'는 바로 '텡그리(Tengri)'의 음역이며 고도(孤塗)는 쿠트(kutı '그의 권위' 혹은 '권위')로 그 뜻은 '신성한(거룩한) 폐하(하늘로부터 권위를 위임받은 자)인 선우'라는 의미이다(김효정, 2007. "튀르크족의 기록에 나타난 '텡그리(Tengri)'의 의미," 〈한국중동학회논총〉 제 28-1호, 387-406 참조).

그러나 여기에서 선우(單于)라는 말은 단우(簞于)의 오기일 것으로 생각한다.

우리나라의 단군신화에는 마늘이 등장하는데, 사서에 의하면 중국에 전래된 것은 기원 전 한 무제 때 일이라 한다.

따라서 한반도에 마늘이 전래된 것은 그 이후의 일일 것으로 학계는 추정하고 있다.

마늘의 원산지는 중앙아시아의 한가운데에 있는 파미르 고원이며 한반도에 마늘이 나타난 것을 한 무제 이후로 추정하는 경우 우리가 알고 있는 단군할아버지가 태어난 곳인 백두산은 우리나라에 있는 백두산이 아닌 것이다.

참고로 파미르의 어원을 살펴보면, '파미르'의 '파, 마늘'을 의미하는 '파'와 '마루, 높은 곳'을 뜻하는 '미르'로 이루어진 말이다. 한자로는 파 총(蔥)자와 고개 령(嶺)자를 써서 총령(蔥嶺)이라 함이 이를 증명한다.

그렇다면 단군할아버지는 어디에서 태어나셨을까? 바로 이 텡그리칸 산이 아닐까? 사시사철 눈에 덮여있는 이 7,010미터의 설산이 '흰머리 산'이라는 말 그대로의 백두산이 아닐까?

우리 민족의 시원을 찾으려면 신화와 남아 있는 풍속과 함께 언어학

3. 단군할아버지는 어디에서 태어나셨을까?

적으로 추적하여야 한다.

사실 카자크인이나, 타타르인이나, 투르크인이나, 키르기스스탄인이나 몽골인이나 거의 비슷비슷하다. 이들은 모두 한국인과 많이 닮아 있다.

단군신화는 옛날 옛적 우리 선조들이 야생 마늘의 원산지인 중앙아시아 파미르 고원에 살면서 생긴 설화가 아닐까?

이들의 일부가 몽골로, 한반도로 흘러들어간 것 아닐까?

카자흐스탄 알마티

4. 소원을 비는 아이

카자흐스탄 중앙박물관을 나와 공화국 광장(Republic Square)으로 간다.

여기에는 독립기념탑(Independence Monument)인 91피트(28미터) 높이의 첨탑인 오벨리스크가 세워져 있다.

황금 전사 기념비라고도 부르는 이 기념비 앞길을 건너면 저쪽 편으로 알마티 시장의 사무실이 있고, 그 뒤는 시 공원(city park)인데, 여기에는 아스타나로 수도를 이전하기 전의 초대 대통령궁과 카자흐스탄 초대 대통령 재단이 숲에 둘러싸여 있다.

황금 전사 기념비 꼭대기에는 카자흐스탄의 국가 권력을 상징하

카자흐스탄: 독립기념탑

는 눈표범(雪豹: snow leopard)이라 부르는 날개 달린 살쾡이와 그 위에 서 있는 황금인간이 있다.

키가 6미터인 이 황금인간은 카자흐스탄의 독립을 상징하는, 쿠르간에서 발견된 사카족 전사(Saka Warrior)를 나타낸 것이다.

독립기념탑: 소원을 비는 아이

이 기념탑 밑동에는 카자흐어, 러시아어, 영어로 된 청동서적이 있으며, 이 서적 오른 쪽에는 음각된 손자국이 있다.

이 손자국은 지금도 28년째 재임하고 있는 초대 대통령의 오른손을 오목새김 한 것인데, 카자흐인들은 이 손자국에 자신의 오른손을 대고 진지하게 소원을 빌면 이루어진다고 믿는다.

정말 그럴까?

이 분은 아직도 28년 동안 장기집권 할 수 있는 아주 능력 있는 분

카자흐스탄 알마티

이니까, 이런 능력 때문에 이 분의 손자국에 손을 대고 빌면 정말 소원이 이루어질지도 모른다는 생각도 든다

그렇지만 이보다는 오히려, 자신의 장기집권을 위해 국민들에게 자신을 우상화하는 방편의 일환으로 이런 우스꽝스러운 방법을 고안하여 국민들 머리 속에 각인 되도록 세뇌시킨 것으로 보는 게 더 타당할 것이다.

어찌되었든 밑져야 본전이니 여기 가시는 분들은 이 손자국에 손을 대고 꼭 소원을 빌어보시라! 돈 드는 것도 아니고~.

실제로 이 기념탑을 보고 있자니, 한 소년이 다가와 여기에 손을 대고 무엇인가를 열심히 빌고 있다.

무엇인지는 모르나 저 소년의 소원이 이루어졌음 좋겠다.

이 첨탑 네 귀퉁이에는 하늘을 상징하는 현자, 땅을 상징하는 어머니, 젊음과 미래를 상징하는 말 탄 두 아들의 동상이 서 있다.

이 첨탑 뒤로는 몇 개의 계단으로 된 분수가 물을 뿜고 있고 그 뒤로는 커다란 나무들이 줄지어 서 있는 공원이 조성되어 있다.

온 길을 되돌아 아바이 역의 크맵 대학교(KIMEP University) 앞에서 길을 건너 콕 토베 공원(Kok Tobe park)으로 간다.

길을 건너면 버거킹 간판이 보이고, 그 옆에 아르만 3D극장(Arman 3D Cinema)이 있으며 그 건물 저쪽 끝에는 콕토베 공원으로 올라가는 케이블카가 있다.

한편 이 건물 맞은편에는 주자장이 있고, 주차장 너머로 분수가 있는 광장이 있는데, 이 광장에는 아바이 쿠난바에프 기념동상(Abay Kunanbaev Monument)이 있다.

4. 소원을 비는 아이

이 양반은 카자흐에서 유명한 시인이자 작곡가이고 철학자이며 유럽과 러시아 문화를 받아들인 문화 개혁가란다.

나야 무식하니 잘 모르는 분이지만, 여하튼 유명한 분이니 동상을 세워 놓았지 뭐! 이런 생각을 하며, 분수 뒤를 보니 크고 웅장한 건물이 서 있는데, 들어가서 물어보니 말이 안 통하는데,

공화국 궁전안의 미녀

카자흐 전통 의상을 입은 미녀들이 사뿐사뿐 치마를 잡고 걸어 나온다.

사진기를 들이대니 미소를 지으며 폼을 잡아 준다.

무슨 의상 쇼를 했나? 물어봐도 통하지 않으니 갑갑하다. 극장이냐고 물으니 무조건 그렇단다.

나중에 지도를 찾아보니 공화국 궁전(Republic Palace)이라고 나와 있다.

이 궁전 왼쪽으로는 나 말로이 알마팅게 공원(Park Na Maloy

카자흐스탄 알마티

Almatinke)이 있고, 공원 옆으로는 말로이 알마팅게 강이 흐르고 있다. 강이라고 해 봐야 그저 냇물 정도지만.

이 강을 따라 걸으면, 알마 시네마 호스텔이 나온다.

부킹닷컴에서 검색한 결과 값이 싸고 좋은 호텔로 평이 나 있고, 유목민 천막집인 유르트가 있어 유르트에서 한 번 자 볼까 싶어 이쪽으로 싶어 와 본 것이다.

이 호스텔은 민박집 비슷한데. 유르트는 벌써 예약이 되어 있어 얻을 수 없고, 방을 안내해 보여주는데, 값이 싸서 그런지 별로 마음이 내키지 않는다.

다시 나와 콕 토베(Kok Tobe) 공원으로 올라간다.

케이블카를 타고 오르면서 산을 보니 저 멀리 설산은 근사한데, 콕

카자흐스탄: 공화국 궁전

4. 소원을 비는 아이

카자흐스탄 알마티: 콕 토베

토베 공원으로 오르는 산 자체는 경치가 별로 없다.

산꼭대기에서 내리면 여기가 공원인데, 음식점도 있고, 거꾸로 된 집도 있고, 짝퉁 청룡열차 등 놀이시설도 있다. 물론 이들은 모두 돈을 내야 한다.

그리고 여기에서 알마티 시내를 전망할 수 있다.

거꾸로 된 집 옆에는 이집트 벽화 같은 그림판이 있고 사람들은 그곳에서 사진을 찍는다.

이 공원에는 눈을 가린 매를 든 사람이 매와 함께 사진을 찍도록 열심히 사람을 끌고 있는가 하면, 앵무새들을 데리고 사진을 찍는 사람도 있고, 크고 흰 구렁이가 든 유리 상자 앞에서 구렁이를 목에 걸고 사진을 찍으라고 권유하는 처녀도 있다.

카자흐스탄 알마티

이거 역시 물론 돈을 내야 한다.

우린 그냥 구경만 한다.

이 광장 한가운데에는 알마티 시를 상징하는 돌로 빚은 사과가 있다. '알마티'라는 이름은 '사과의 할아버지'라는 의미란다. 곧, 알마티는 알마-아타(Алма-Ата)에서 온 말인데, '알마'는 '할아버지'라는 뜻이고, '아티'는 사과라는 뜻이란다.

난 '알'이 '신, 황금'을 뜻하는 말이고, '마티'는 '마루티'에서 '루'가 탈락한 말로서 '높은 터, 거룩한 땅'이라는 뜻을 가질 것이니, '하느님의 높은 땅'이라는 뜻이 아닐까 생각했는데……. 내 추정이 잘못된 것인가?

알마티가 '사과의 할아버지'라는 뜻이라니 이곳에선 사과가 많이 나

알마티의 상징: 사과   콕 토베: 동물원

4. 소원을 비는 아이

알마티: 일몰

는 모양이지만, 사과를 사서 먹어보니 별로 맛이 있지는 않다.

공원 뒤쪽 방송국 안테나 탑이 보이는 산허리 쪽으로는 노루, 라마, 사슴, 토끼, 닭 등 조그만 동물원이 있다.

이 동물원은 공짜다.

어느덧 해는 서쪽으로 넘어가고 있다.

알마티 시내를 전망으로 지는 해를 찍는다.

5. 참 훌륭한 음식점이로고!

2018년 10월 6일(토)

오전에는 휴식을 취한다.

오후에는 L.E.S 호텔로 간다.

이 호텔에는 방이 하나 남아 있어 이 선생 부부에게 양보하고, 그 근처의 호텔을 찾는다.

L.E.S 호텔 옆에 호텔이 있다고 가보니 간판 없는 호스텔이 있다.

크게 맘에 들진 않지만 방을 얻는다. 값은 똑같은 9,000텡게(약 28,000원)인데. L.E.S 호텔과는 천양지차다.

짐을 푼 다음 아바이 역 관광안내소로 간다.

가는 길에 일단 점심을 먹어야 하는데, 아바이역 맞은 편 길 건너에 있는 음식점 네델카(Nedelka)가 눈에 띈다. 언뜻 들으면 니젤가라고 들린다.

인터넷 검색에서 좋은 식당으로 나와 있는 곳이다.

어제도 이곳을 지나갔는데, 점심시간이 한참 지났는

알마티 맛집: 네델카

알마티 맛집: 네델카

데도 손님이 바글바글한 것을 기억한다.

금강산도 식후경이라고, 일단 먹고 관광안내소로 가자.

네델카라는 식당에는 지금도 손님이 바글바글하다. 식당 안은 물론, 바깥에도 비어있는 탁자가 없다.

들어가서 탁자가 비기를 기다린다.

이윽고 자리를 잡고 앉아 영어로 된 메뉴를 달라하여 샌드위치와 파스타를 시킨다.

나온 음식을 보니 맛도 끝내주게 좋고 양도 많다.

샌드위치만 해도 샌드위치 여덟조각에다 프렌치 프라이가 접시에 가득하다. 요것만으로도 둘이 먹기에 충분한데, 각각 한 접시씩 시켰으니, 아무리 맛있어도 남길 수밖에 없다.

나중에 나온 영수증을 보니 값도 무척 싸다. 샌드위치 1,700텡게(약

카자흐스탄 알마티

5,200원), 파스타 1,600텡게(약 5,000원), 그린트 와인 700텡게(약 2,200원), 10% 세금, 합계 4,400텡게(약 14,000원)이다.

그러니 이 식당이 인기일 수밖에!

너무 맛있게 먹다보니 사진을 못 찍었다. 다 먹고 나서야 생각이 난다.

결국 다 먹고 남은 음식을 찍어 여기에 올려놓는다.

우린 늘 이렇다. 먹을 걸 보면 허둥지둥 먹기에 바쁘고, 다 먹은 다음에야 감사함을 느낀다.

남긴 음식 사진을 보니 좀 지저분해 보이겠지만, 정말로 맛있는 음식들이다.

아마 이 사진 보시고 입맛이 떨어진다고 생각하시는 분

네델카 식당: 샌드위치와 파스타

5. 참 훌륭한 음식점이로고!

들은 꼭 한 번 들려 맛을 보시라!

정말 맛있고, 풍족하고, 값도 싸다. 결코 후회하지 않으실 것을 확신한다. 그리고 요런 약간 지저분한 듯한 사진 올려놓은 건 용서하시라!

배를 든든히 채우니 이 세상이 내 세상이다.

나오면서 외친다.

참 훌륭한 음식점이로고!

알마티 방문하시는 분들 여기 꼭 와보시라. 강추.

이제 200미터만 걸으면 관광안내소이다.

관광안내소에서 설명을 듣고 모레부터 2박 3일 투어(월, 화, 수)를 신청한다. 알틴 에멜 국립공원, 샤린 국립공원, 콜 사이 국립공원을 200,000텡게(약 60만 원: 일인당 15만 원 정도)로 예약하다.

다시 길을 나와 호텔로 걸어간다.

여기 온지는 이틀밖에 안 되었지만, 알마티에서 느끼는 것은 도로가 무척 넓다는 것이다. 옛 공산사회여서 그런지 도로는 대부분 곧게 나 있고 보통 자동차 차선이 여덟 개 정도 된다.

뿐만 아니다. 사람들이 다니는 보도도 무척 넓다.

차도와 보도 사이에는 수십 미터나 되는 큰 나무들이 서 있고 보도에는 자전거 도로와 인도가 그야말로 널찍하게 만들어져 있다.

참 잘 만들어놓은 도로라는 생각을 떨칠 수 없다.

그러나 공기는 생각만큼 맑지 않다. 차도에는 전차도 다니지만, 자동차들이 많이 다니는데, 대부분 이삼십 년 정도 된 노후차량이어서 대기오염이 무척 심한 것이다.

그나마 인도와 차도 사이에 있는 큰 나무들이 공기를 정화시켜주니

알마티: 아바이 역 맞은편 길 보도

조금은 다행인 듯하지만, 공기는 매캐하다.

요것만 해결되면 정말 세계 제일 좋은 도시가 될 텐데…….

오면서 아이스크림(350텡게: 약 1,100원)을 사 먹으며 벤치에 앉아 쉰다.

어제 많이 돌아다녀서 그런지 오늘은 몸이 힘이 든다. 그러니 머리가 명쾌하지 않다.

"와 이리 힘드나! 머리가 안 돈다. 안 돌아!"

많이 돌아다니기도 했지만, 거기에 밥을 잔뜩 먹었으니 머리가 멍해지는 거 아닌가!

먹은 건 생각안 하고!

호텔로 돌아와 잔다.

5. 참 훌륭한 음식점이로고!

6. 빤스만 입고 들어가 참선햐?

2018년 10월 7일(일)

오전 8시 45분 호텔을 출발하여 아바이 역으로 간다.

일레 알라타우 국립공원(Ile-Alatau National Park)이 있는 메데우(Medeu) 가는 12번 시내버스를 탄다.

버스비는 150텡게(약 460원).

만원 버스이다.

그렇지만, 젊은이들이 일어나 자리를 양보한다. 참 훌륭한 젊은이들이다.

괜찮다 해도 그 비좁은 버스 속에서 일어나 서 있으니, 감사히 얼른 자리에 앉는 것이 그나마 비좁은 곳에 서 있는 젊은이들을 조금이라도 도와주는 셈이다. 감사히 앉는다.

우리나라도 이런 때가 있었는데…….

지금도 물론 이런 훌륭한 젊은이들이 한국에도 없는 것은 아니지만, 전혀 옛날 같지는 않다.

허긴 과외니 뭐니 젊은이들이 얼마나 혹사당하고 있는가!

지 몸이 고달픈데……. 오히려 늙은이든이 일어나 자리를 양보해주어야 할 판이다.

어찌되었든 여기에서는 옛 우리나라를 경험하는 듯하다. 옛날 내가 양보했던 자리를 여기에서 되찾아 앉는 느낌이다.

창밖으로 보이는 천산이 멋지다. 자작나무는 노란색 단풍이 들어 아름답고.

카자흐스탄 메데우 / 쉼불락

메데우

10시쯤 메데우에서 내린다.

메데우는 이 버스의 종점이다.

저쪽 산기슭에는 커다란 운동장이 있고, 운동장 너머로 골짜기를 막아놓은 듯한 댐이 보이고, 그 위로 올라가는 계단이 보인다.

일단 그 댐 위 저쪽으로 솟아 있는 설산의 봉우리가 멋있다.

여기에서 쉼블락(Shymbulak)으로 가는 마이크로버스를 타야 한다. 쉼볼락 가는 케이블카가 있지만, 본격적인 스키 시즌을 앞두고 지금 점검중이어서 탈 수가 없기 때문이다.

어쩐지 사람들이 내리자마자 저쪽으로 몰려가더라니…….

마이크로버스 타는 곳으로 가니 매표소가 있고 매표소에서 버스표를 사야 한다.

6. 빤스만 입고 들어가 참선햐?

쉼불락 가는 버스표는 일인당 300텡게르(약 950원)이다. 버스표를 사면서 물어보니 약 20분 정도 기다려야 한단다.

여기 정류장에서는 마이크로버스 탑승 인원 만큼만 표를 판다. 그리고는 그 버스가 떠난 다음에야 매표창구를 열어놓는다.

따라서 마이크로버스가 와도 사람들이 몰리지 않는다. 전부 다 탈 수 있기 때문이다. 물론 제일 뒷자리 앉기 싫은 사람은 먼저 줄을 서겠지만, 한꺼번에 표를 많이 팔아서 늦게 온 사람이 먼저 가는 버스를 타는 법은 절대 없다.

참 좋은 방법이다!

20분 정도 지나자 마이크로버스가 온다.

버스 타고 가는 길에 보이는 눈 덮인 고봉들이 장관이다.

쉼불락

카자흐스탄 메데우 / 쉼불락

쉼불락에 내려 온 길 쪽을 둘러보니 민둥산 비슷하다.

저쪽에 스키장으로 가는 케이블카가 있어 그리로 올라간다. 올라가는 계단 양쪽으로는 큰 건물들이 있는데 식당가이다.

그러나 이곳 역시 지금은 점검 중이라 케이블카를 타고 설산들을 구경할 수는 없다.

결국 걸어서 올라가야 한다.

스키장 쪽으로 나 있는 오르막길로 오르는데 숨이 차다. 이 길은 경사가 급해 오르기가 힘든다.

한 백 미터쯤 오른 다음 다시 내려온다.

시간은 11시 반이다.

일단 점심을 먹고, 산을 오르든 산책을 하든 해야 한다.

쉼불락

6. 빤스만 입고 들어가 참선햐?

쉼불락: 산

식당 밖에는 파라솔에 앉아 식사를 하는 사람들이 많아 우리도 파라솔 밑에 앉았으나 바람이 불어오자 춥다.

결국 식당 안으로 음식을 가져다 달라고 한다.

이 선생 부부는 피자를 시켰고, 우리는 꼬치구이인 쇠고기 샤슬릭과 포도주 한 잔을 시킨다.

관광지라서 시내보다 조금 비싸긴 하지만, 많이 비싸지는 않다. 음식도 먹을 만하다.

샤슬릭은 갓난아기 주먹만 한 고기 덩어리 예닐곱 개를 쇠꼬치에 꽂아 양념을 칠하여 숯불에 구워 주는 요리인데, 재료로는 쇠고기, 양고기, 그리고 말고기 등이 쓰인다. 이 가운데 여기 사람들은 말고기가 가장 맛있다고 한다.

카자흐스탄 메데우 / 쉼불락

쉼불락: 산

돼지고기도 있지만, 이 집에선 없다고 하여 쇠고기 샤슬릭을 시킨 것이다. 말고기는 익숙하지 않으니까…….

우리나라 사람들 여기 오면 고기는 싸고 다양하게 잘 먹을 수 있다. 맛도 괜찮다.

우린 양념이 익숙하지 않아 양념을 바르지 말고 소금만 살짝 뿌려 바싹 구워달라고 한다. 양념을 바르지 않고 소금만 살짝 뿌리면 정말 맛있는 것을, 왜 양념을 발라 맛없게 먹는지 모르겠다.

허긴 사람들마다 혀가 다르니, 맛을 느끼는 것도 다르지 않겠는가! 게다가 입에 익숙한 것을 맛있다고 느낄 터이니, 이들에게는 양념 바른 샤슬릭이 더 맛있다고 느낄 수는 있을 것 같기는 하다.

그렇지만 "정말 맛있는 것"은 세계 공통일 텐데…….

6. 빤스만 입고 들어가 참선햐?

이제 먹었겠다. 산위로 오르는 스키장 가는 길은 경사가 급하니 그냥 포장된 자동차도로를 따라 올라간다.

주내는 교회에서 다친 허벅지에 문제가 있어 음식점에 초롱씨와 함께 남겨 놓고, 이 선생과 둘이서 걷는다.

천산 산맥의 고봉들이 눈앞에 펼쳐진다.

1시간쯤 걸었더니 온 몸이 땀이다. 땀이 나지만 걷는 길은 상쾌하다. 오른쪽 계곡 너머로 저 앞에는 눈을 인 설산들이 장엄하다.

갑자기 전화가 온다. 주내 전화다.

"어디로 가서 아직도 안 와요?"

초롱 씨와 둘이서 이야기하다 지쳤나보다. 전화를 하는 걸 보니.

"여기 경치가 너무 좋아요. 산위로 가는 길은 아니고, 포장된 자동차

쉼불락 계곡

도로를 따라 왔으니 살살 와 봐요. 우린 내려 갈 테니".

　이 선생과 비포장도로에서 아래로 내려가니 계곡엔 눈 녹은 물이 콸콸거리며 흘러간다.

　손을 넣으니 너무 시리다.

　이 선생보고

"여기 빤스만 입고 들어가 참선햐?"

　이 선생, 웃으며, 고개를 절래절래 흔든다. 당연하다. 아무리 내말을 잘 듣는 이 선생이라지만, 내 말대로 했다가는 참선이고 나발이고 얼어 죽을 테니……

　내려오다 주내를 만난다.

　뒤돌아보니 정말 산이 멋있다.

　그런데 갑자기 구름이 몰려든다. 금방 산 정상을 가린다. 진즉에 잘 올라 왔다

심불락 계곡

6. 빤스만 입고 들어가 참선햐?

는 생각이 든다.

　내려가는 버스 역시 만원 버스이다. 오늘이 일요일이라서 놀러 온 사람들이 많아서 그런 것이다.

　한 20분 가는데, 비가 뿌리친다.

　아바이 역에서 내려 다시 네델카로 간다.

　원래 손님이 바글바글한 곳이지만, 오늘은 비가 와서 그런지 야외는 손님이 없는데, 식당 안은 들어설 자리가 없다.

　기다린다.

　맛있고 싸게 잘 먹으려면 기다릴 줄도 알아야 한다.

7. 살아 있는 샤슬릭

2018년 10월 8일(월)

아침 8시에 알틴 에멜로 출발하는 차가 오기로 했는데, 아침에도 부슬비가 계속 내린다.

7시 50분경 짐을 LES 호텔에 맡기는데, 예약한 여행사에서 와서는 비 때문에 알틴 에멜에는 못 간다고 한다.

알틴 에멜 국립공원엔 눈이 와서 들어갈 수 없다는데, 우찌 할꼬?

가이드는 2박3일 일정을 1박2일로 바꾸어 140.000텡게(약 450,000원: 일인당 약 113,000원 정도)에 샤린 캐년과 콜사이 호수만 다녀오는 걸로 타협할 수밖에 없다.

알마티 시내를 벗어나자 비는 전혀 오지 않는디. 물론 눈도 안 온다.

샤슬릭

양떼: 살아 있는 샤슬릭

속았다!

요놈들이 알틴 에멜에는 가지 않으려는 속셈이다. 아무래도 관광안내소에서 예약을 해주었지만 200,000텡게로 2박3일은 무리였던 모양이다.

차라리 돈을 더 달라고 해서 알틴 에멜도 갔으면 좋았을 걸……

가는 길은 대초원이다.

옥수수 밭이 한없이 펼쳐 있는가 하더니 언제부터인가 이제는 옥수수 밭도 더 이상 없다. 누런 풀들만 있는데 양떼가 보인다.

"야, 샤슬릭이다!"

라고 외치니, 운전기사가 웃는다.

샤린 국립공원으로 들어서는 갈림길에서 조금 가니 시장이다.

여기에서 진짜 샤슬릭(300텡게: 약 1,300원)으로 아침 겸 점심을 때운다.

카자흐스탄 샤린

조악한 산들

우린 이 샤슬릭을 보면서 살아있는 양떼를 생각한다.

마찬가지로 살아 움직이는 양떼를 보면서 숯불 위의 샤슬릭을 찾아
낸다.

이것이 혜안이다.

화장실 이용료는 30텡게(우리 돈 약 100원)이다.

다시 출발한다.

조악한 산들 사이로 간다.

다시 평원이다.

11시 30분, 나무 한 그루 없는 초원, 삭막한 대초원이다. 여기에도
누런 풀들만 있는데, 양떼가 보인다.

샤린 협곡에 도착한다.

7. 살아 있는 샤슬릭

여기서부터는 걸어야 한다.

약 1시간쯤 기암들을 구경하며 걸어서 강이 흐르는 곳까지 갔다가 돌아오는 코스다.

좌우를 둘러보며 사진을 찍고 걷는다.

이 협곡은 미국의 브라이스 캐년을 닮았다지만, 브라이스 캐년과는 그 맛이 전혀 다르다. 규모도 훨씬 작고, 브라이스 캐년만 하려면 어림없지만 그런 대로 봐 줄 만하다.

샤린 캐년

카자흐스탄 샤린

샤린 캐년: 방갈로

누런 봉우리들이 이어져 있다가 갑자기 검은 바위가 나타난다.

어느 방송국인지 다큐멘타리를 제작하는 듯 몇몇 사람들이 여기에서 촬영을 하고 있다.

참, 희한하다. 전혀 재질이 다른 바위들이 한곳에 있다니.

그러다가 누런 바위기둥들을 뒤로하고 왼편에 방갈로, 오른쪽에 유르트가 나타난다.

저 앞으로는 시커먼 바위벽 앞으로 계곡이 흐른다. 물의 수량도 많다. 주변은 풀과 나무들이 자란다.

골짜기로 흐르는 강이 있는 이 지역은 그냥 천국 같다. 삭막한 협곡을 지나 갑자기 나무가 우거지고 방갈로와 유르트가 나타나다니!

이런 삭막한 곳에 강이 흐르고, 강 주위로 푸른 나무들과 풀들이 자

7. 살아 있는 샤슬릭

샤린 캐년: 유르트

샤린 캐년: 계곡

카자흐스탄 샤린

샤린 캐년: 새모양의 기암

라다니 참말로 희한한 광경이다.

여기에도 식당이 있고, 숙박할 곳이 있다.

우리가 머물 것은 아니지만, 이 기록을 읽고 오실 분들을 위해 값을 알아본다.

유르트는 두 사람에 45,000텡게(약 140,000원)이고, 방갈로는 일인당 8,000텡게(약 25,000원)란다. 꽤 비싼 셈이다.

돈 많으신 분들은 여기에서 하루쯤 묵어가는 것도 괜찮을 것이다.

식당 앞에는 트럭이 한 대 놓여 있고 트럭 안에는 긴 의자가 놓여 있다.

운전수 말로는 에코 택시라며, 계곡 입구까지 일인당 1,000텡게(약

7. 살아 있는 샤슬릭

3,200원)라고 한다.

택시치고는 열악하고, 택시비치고는 좀 비싸지만, 주내의 허벅지 때문에 어쩔 수 없다.

주내와 나는 이 에코 택시를 탄다.

이 선생 부부는 걸어간다. 젊으니까 걸어가도 된다. 그러니까 젊음이 좋은 것이다.

협곡 입구에서 내려 우리가 타고 온 차가 있는 곳으로 올라간다.

운전기사에게 차를 타고 계곡 위 저쪽으로 갈 수 있냐고 하니까 순순히 그쪽으로 차를 몰아준다.

캐년 위에서 내려다보는 것은 또 다른 경치이다.

사물을 제대로

샤린 캐년

카자흐스탄 샤린

샤린 캐년: 계곡

샤린 캐년: 계곡

7. 살아 있는 샤슬릭

보려면, 위로도 보고 내려다도 보고, 옆으로도 보고 앞으로도 보아야 한다.

어디 자연경치 뿐이랴! 정치 현상도 마찬가지이다.

백강 선생의 말이 생각난다.

친구들이 고등학교 홈페이지에 글을 올리면서 좌파니 우파니 하는 논쟁이 벌어진 적이 있다.

서로 자신이 옳다고 반박을 해대니 서로 감정이

샤린 캐년: 계곡

상해 가는데, 이건 당파 싸움이 저리 가라다.

이때 백강 선생이 나서서 가라사대,

"나는 좌파도 아니고 우파도 아니다. 굳이 파를 따진다면 전파다. 우리는 좌, 우를 아우르며 함께 보아야 하고, 그리고 무엇보다도 앞을 보

카자흐스탄 샤린

아야 한다. 그런 의미에서 나는 전파(前派)이고 전파(全派)이다."라고 일
갈한 것이다.

백강은 이런 경치도 안 보고 어찌 이를 깨달았을꼬? 역시 혜안을 가
진 지도자 감인데…….

각설하고 이곳저곳 경치를 찍는다.

한참 지난 후 저쪽 밑으로 걸어오는 이 선생 부부가 보인다.

이 선생에게 올라오라고 손짓을 한다.

협곡의 중간 지점에서 이 선생 부부는 올라와 차를 탄다.

2시 15분, 차는 콜사이 호수로 출발한다.

7. 살아 있는 샤슬릭

8. 시도 먼저, 걱정 나중!

2018년 10월 8일(월)

날은 맑고 햇빛은 쨍쨍하다.

약 30분 정도 달리니 왼쪽 차창 밖으로 물이 흐르는 협곡이 보인다. 블랙 캐년이란다.

블랙 캐년 너머로는 사막이다. 둥근 곡선의 산들이 보드랍게 펼쳐져 있다.

사티(Saty)에는 3시 40분쯤 도착하여 오늘 묵을 민박집에서 늦은 점심을 먹는다. 메뉴는 볶음밥 비슷한 필라프. 생채 비슷한 것, 빵과 잼, 그리고 과자와 사탕 등이다. 배불리 먹는다.

블랙 캐년

카자흐스탄 카인디 호수

사티는 조그마한 촌락이다. 입구에는 공동묘지가 있다.

그리곤 4시 20분, 차를 타고 카인디 호수(Kaindy Lake)로 간다.

완전 오지 탐험이다.

청룡열차처럼 기우뚱 기우뚱하면서 잘도 달린다. 만약 옆으로 구르면? 우와! 정말 천 길 낭떠러지인데……

카인디 호수 가는 길

구덩이를 지나 냇물을 가로질러 자작나무 숲 가운데로 지나간다. 노란 단풍이 아름답다.

좌우의 산은 가파르게 높은데, 골은 깊고, 그 골짜기로 냇물이 흐르고, 냇물 주변으로 노란 잎사귀의 나무들이 멋진 풍경을 보여준다.

그러나 사진에 담을 수 없다, 해지기 전에 카인디 호수를 다녀와야 하는 까닭에 달리는 차속

8. 시도 먼저, 걱정 나중!

카인디 호수

에서는 사진을 찍을 수가 없다. 더욱이 차창도 더럽고!

한 이삼십 분 달렸을까, 카인디 호수 주차장에 차를 세우니 우리보다 먼저 온 사람들이 대여섯 명 있다.

여기서부터는 호수까지는 걸어야 한다.

호수로 가는 길은 키가 몇 십 미터에 이르는 전나무들이 드문드문서 있는 길이다.

걷는 건 좋은데 문제는 경사가 급한 내리막이라는 사실이다. 일단 내려가긴 하는데 이따 올라올 일이 걱정이다.

경사진 길을 따라 한참 가니 갑자기 짓푸른 녹색의 호수가 탄성을 자아내게 만든다.

이 호수는 길이가 약 400m, 깊이가 약 30m인 그리 큰 호수는 아

카인디 호수 가는 길에서

니지만 비경은 비경이다.

특히 호수 저쪽 편에는 죽은 자작나무들이 잎사귀와 가지도 없이 기둥만이 군락을 이루며 호수 속에 박혀 있어 그 풍경이 너무 아름답다.

고생하며 온 보람이 있다. 볼 만하다.

이 호수는 대지진으로 숲이 수몰되며 생긴 호수라서 그때의 나무들이 물속에 그대로 보존되어 있는데, 이게 비경을 만들어낸 것이다.

그래서 카자흐인들은 이 호수를 '나무들의 무덤'이라고 부른다.

사진을 찍고 다시 오르막길을 오른다. 내려갈 때 어찌 올라올까 했는데, 어떻든 오르다 보니 주차장이다.

"미리 걱정할 필요는 없다."는 진리를 다시 한 번 되뇌게 된다. 사람

8. 시도 먼저, 걱정 나중!

들은 알면서도 정작 미리부터 걱정을 하는 경향이 있다.

미리 걱정은 쓸데없는 걱정이다. 나중에 다 해결되는 것을!

일단 부딪혀 보는 게 우선이다.

"시도 먼저, 걱정 나중!"

이 표어를 젊은이들은 생활의 좌표로 삼아야 한다.

다시 사티의 민박집으로 오니 여섯 시 반이다.

주차장에 현대 차가 하나 들어서 있다. 반갑다. 네델란드 처녀 둘이서 몰고 온 것이다.

이 처녀들, 이 차를 몰고 내일 카인디 호수와 콜사이 호수를 간다한다. 저 승용차로 이 험한 길을!

우린 내일 아마 말을 타고 콜사이 호수(Kolsai Lake)로 갈 거다.

민박집에서 세수를 하고 방에 들어오니 방이 매우 춥다.

날씨가 매우 추워 민박집 주인에게 카자흐스탄 브랜디가 있는가 물어보니 잘 못 알아듣는다. 그래서 꼬냑이 있는가 물어보니 보드카 병을보여주며 보드카밖에 없다고 한다.

그러더니 이 마을의 가게로 전화한다. 꼬냑이 있는데, 1,800텡게(약 5,600원)라 한다.

주인은 운전기사인 이르빅에게 동네 가게로 가자 한다.

이 조그마한 동네에선 벌써 문을 닫았지만, 주인아저씨 전화에 따라가게 문을 열어 놓았다. 같이 가게로 가 브랜디를 산다.

이르빅 말대로 저녁 식사는 9시가 되어서야 나온다.

허긴 점심을 3시 반이 넘어 먹었으니, 시간상으로는 9시쯤 저녁을먹는 게 당연하다.

카자흐스탄 카인디 호수

저녁은 카자흐스탄 전통 만두 낀깔리이다.

낀깔리는 우리 만두와 비슷하지만 만두피가 두껍고 그 안에 넣는 소는 쇠고기나 양고기 또는 말고기를 쓴다.

네덜란드 처녀들은 채식주의자들인지 야채만두를 미리 주문한 모양이다.

우리 차에 함께 타고 온 도미니크는 폴란드 청년으로 현재 독일 항공사의 스튜어드이다.

사티 민박집 저녁 식사

젊은 남녀가 만났으니 물 만난 고기가 따로 없다. 서로 이야기가 무궁무진하다.

사 온 브랜디를 따서 한 잔씩 노나 마신다.

전혀 사양하지 않는다.

잘 사왔다.

8. 시도 먼저, 걱정 나중!

9. 어찌 말을 믿나?

2018년 10월 9일(화)

아침에 눈을 뜨니 5시 45분이다.

산속이라 무척 춥다.

욕실은 하나이고 사람들이 많으니 빨리 샤워부터 해야 한다.

아침은 일곱 시 반에 먹고, 여덟 시 이십 분 출발이다.

민박집에서 나와 처마에 앉아 있는 새떼를 찍는다.

참새는 분명 아닌 듯한데, 참새만한 몸뚱이에 살이 통통하게 올라 있다. 지들끼리 지저귀는 것이 싸우는 듯 하기도 하고, 평화롭기도 하다.

동네를 벗어나 가는 길에 보이는 눈앞의 눈을 인 산이 근사하다.

오늘 갈 콜사이 호수(Kolsai Lake)는 세 개인데, 차로 첫 번째 콜사

사티 민박집: 새떼

카자흐스탄 콜사이 호수

콜사이 호수: 시작점

이로 가고, 거기서 8 km 떨어진 두 번째 콜사이는 말을 타고 가야 한다는데 말 값이 9,000텡게라 한다.

이 말은 말 타고 가라는 장사꾼 말이고, 지도상으로 측정해보니 첫 번째 콜사이 호수의 길이가 약 1킬로미터 정도 되고 그 끝에서 두 번째 콜사이까지는 약 3킬로이다. 산길이니 고불고불하다 해도 길어야 5킬로미터 정도이다.

여기서 두 번째 콜사이 호수의 길이가 1킬로미터가 채 안 되니 이 호수 끝까지 간다 해도 첫 번째 콜사이 시작점에서부터 6~7킬로미터 정도도 안 된다.

세 번째 콜사이는 두 번째 콜시이에서 5킬로미터 떨어진 곳에 있는데 제일 아름답다고 한다.

9. 어찌 말을 믿나?

이 말 역시 약간 뻥튀기한 것이다. 두 번째 호수 끝에서 세 번째 콜사이까지는 2-3킬로미터 떨어져 있을 뿐이다.

이런 뻥튀기 때문에 세 번째 호수가 제일 아름답다는 말 역시 믿을 수가 없다.

어찌되었든 첫 번째 호수 시작점에 서부터 세 번째 호수까지 간다 해도 총거리는 9킬로미터 미만이다.

그렇지만 이 거리도 왕복 18킬로미터이니 걷기에는 만만치 않은 거리이다. 빨리 걷는 사람도 이 거리라면 왕복 5-6시간은 걸릴 것이다.

말을 타려면 미리 예약해야 한다는데…….

망서리다 그냥 걸어가기로 한다.

콜사이 호수: 언덕 위 별장

카자흐스탄 콜사이 호수

인터넷에서는 말 타고 가는 게 제일 좋다고 나와 있으나, 나중에 생각하니 정말 잘 한 결정이다.

두 사람이 간신히 비켜갈 정도로 좁은 낭떠러지 오솔길을 말을 타고 간다고 생각해보라! 한 발만 삐끗해도! 와, 아찔하다.

허벅지가 아픈 주내는 차에 있고, 난 첫 번째 콜사이 호수 끝자락까지만 갔다 오기로 결심한다. 요 길이도 2킬로미터 정도이니 왕복이면 구경하면서 천천히 걸어 쉬는 시간 포함하여 1시간 거리이다.

약간 오르막내리막이 있긴 하지만 비교적 평평한 길이긴 한데 왼쪽은 천길(?) 낭떠러지이다.

경치는 좋다.

이 선생은 앞장서서 갔는데, 젊어서인지 벌써 눈에 보이지 않는다.

천천히 경치를 감상하며 걷다보니, 호숫가 끝자락이다.

첫 번째 콜사이 호수: 끝자락

9. 어찌 말을 믿나?

초롱 씨는 이 선생 따라가다가 처진 모양이다. 호숫가 끝 부분 개울이 흐르는 곳, 그루터기에 앉아 있다.

이 선생의 행방을 물으니 앞장서서 갔다고 한다. 아마 제 2 콜사이 호수로 간 모양이다.

다시 길을 나서 제 2 콜사이 호수로 향했으나, 아무리 가도 이 선생은 보이지 않는다. 아마 이러다가는 제 2 콜사이까지 갈 것 같다.

첫 번째 콜사이 호수: 끝자락

이제 결심을 해야 할 때다. 되돌아가기로 한다. 초롱 씨도 되돌아가기를 원한다.

사람은 분수를 알아야 한다. 아무리 경치가 좋다고 해도 무리를 하면 안 된다.

카자흐스탄 콜사이 호수

"너 자신을 알라!"라고 일갈한 소크라테스의 말은 나에게 한 말이 정말 아니다. 그 말이 아니라도 난 내 분수를 알고 되돌아 왔으니까!

다시 돌아오는데 햇볕이 따갑다.

주내가 호수 건너편 저쪽에서 소리친다. 우리를 본 모양이다.

주내가 있는 쪽으로 가서 주내를 만난다.

주내는 차에 앉아 있다가 말을 타고 내가 갔던 곳까지 갔다 왔다고 하다. 돈을 깎아 줄 테니 말 타고 가라는 마부의 꾐에 빠져 말을 탔다는 것이다.

낭떠러지 길을 말을 타고 가는데 무척 무서웠다고 한다. 그리고 그만큼 신났다고 한다.

특히 말도 낭떠러지에서 무서운지

콜사이 호수: 말

9. 어찌 말을 믿나?

콜사이 호수

앞에 바위가 있는 길에선 머뭇거리고 있는데, 옆에 서 있던 마부가 그
만 말 엉덩이를 후려갈기자 말이 껑충 그 바위를 뛰어 넘는 데서는 정
말 스릴이 있었다는 것이다.

그러면서 말 안 타고 가길 정말 잘했다는 것이다. 다시 타라면 절대
안 탈 거라며.

내가 생각해도 타지 말아야 한다. 내가 아니라 그 좁은 낭떠러지 길
을 걸어본 사람은 안다 걷다가도 삐끗하면 끝나는 인생인데, 말을 타고
어찌 가나?

물론 말도 지 목숨 아까운 거 알고 있으니 조심을 하겠지만, 어찌
말을 믿나? 나 자신도 못 믿는데……

하느님은 참으로 신묘하다.

인간을 '무서우면서도 신나게' 만드신 거다. 만약 무서워하게만 만드

콜사이 호수

셨다면, 누가 말을 타겠는가? 무섭지만 신나야 말을 타지.

아까 갔던 낭떠러지 길 맞은편 길은 계단도 되어 있고 어렵지 않은 길이다. 풀과 나무들도 많이 있다.

막다른 곳까지 가보니 단풍이 정말 근사하다.

경치는 여기가 압권이다. 멀리 높은 산 너머 설산이 보이고 샛노란 단풍과 녹색 호수의 은결이 이렇게 아름다운 풍경을 만들어 내는 것이다.

같이 차를 타고 온 도미니크하고 이 선생은 아직도 안 나타난다. 한 시가 넘어 배는 고픈데…….

아이빅에게 한국말로,

"배고프다. 돌아가자, 이 선생하고 도미니크 두 사람은 뒤에 네델란드 아가씨 차 얻어 타고 오면 된다."고 하니, 용케도 말을 알아듣는다.

9. 어찌 말을 믿나?

감사하다.

민박집으로 돌아와 점심으로 나온 양고기와 감자를 꼬냑 한 잔과 함께 먹는다.

그리고는 의자에 눕는다.

이 선생과 도미니크는 3시가 넘어서야 돌아왔다. 제 2 호수까지 갔다 온 거다. 제 3 호수는 안 가고.

4시 반 사티를 출발하여 알마티 호텔로 돌아간다.

가다가 기름집에서 기름을 넣는데, 기름값은 리터당 159텡게, 그러니까 한국 돈으로 약 500원이 안 된다. 싸다!

알마티에 도착하니 8시 반이다.

이 여행은 저녁

콜사이 호수 설산

카자흐스탄 콜사이 호수

까지 포함된 것이어서 아이빅이 데려다 준 식당에서 저녁을 먹는다.

시켜준 닭다리 구운 것, 소세지, 밥, 빵 등을 잘 먹는다.

값을 물어보니 정말 싸다. 우리가 갔던 식당보다 훨씬 싸다.

잘 놀고 잘 먹고 호텔로 돌아온다.

LES 호텔로 돌아오니 방 예약이 잘못되어 있어 일인실에서 자야 한다.

일인실이지만 환하고 편리하게 정말 콤팩트하게 만들었다.

샤워실과 화장실은 공용이지만 역시 아주 편리하고 깨끗하고 환하고 정말 맘에 든다. 누가 설계했는지 이 좁은 공간을 이렇게 콤팩트하게 잘 만들다니! 존경심이 인다.

일인실에서 둘이 자야 하니 좁긴 하지만, 방은 깨끗하고 좋다. 조식이 물론 포함되어 있고, 커피 차 과자 따위도 준비되어 있다.

가격은 5,000텡게이니 15,000원 정도이다. 싸게도 잔다.

또한 비즈니스를 위한 공간도 따로 마련되어 있고, 책상, 컴퓨터 등이 놓여 있고 회의실도 있다.

내가 가 본 호스텔 중에는 최고다.

이 호스텔은 비즈니스맨을 위한 호스텔로서 일인실 5,000텡게, 2인실은 8,000텡게와 10,000텡게의 세 종류 방이 있다.

다만 전용화장실이 방에 없다는 것 빼고는 완벽하다!

그러나 화장실과 샤워실도 공용으로 네 개가 있으니 숙박하는 사람들이 전혀 불편하지 않다.

키르기스스탄 갔다가 다시 올 때에도 여기에 머물 것이다.

9. 어찌 말을 믿나?

10. 일체유심조(一切唯心造)라!

2018년 10월 10일(수)

아침 8시에 식사를 한다. 식단은 오트밀, 토스트, 찐 달걀, 커피.

식탁도 가운데만 가리게 되어 있어 정말 맘에 든다. 잘 먹었다.

11시까지 휴식한 후 더블 룸으로 짐을 옮겨 놓은 다음 시내로 나간다.

아바이 전철역 부근 관광안내소에 가기 전에 일단 점심을 먹기로 한다. 식당은 물론 네델카이다. LES 호텔에 머무는 동안 네델카가 전속식당이 되었다.

오늘은 채소 샐러드와 밥을 시키고, 한국서 가져간 고추장에 밥을 비벼 먹는다.

간단히 먹은 후 관광안내소로 가니 오늘은 자네르카라는 예쁜 처녀가 안내를 맡고 있다.

키르기스스탄 비슈케크(Bishkek)로 가기 위해 사이란(Sayran) 시외버스 터미널 가는 방법, 빅 알마티 호수(Big Almaty Lake) 가는 방법, 알틴 에멜(Altyn Emel) 가는 방법 따위를 묻는다.

친절한 답변 끝에 이 아가씨 자기 전화번호(7 707 787 1207)를 가르쳐 주면서 알틴 에멜 가는

WhatsApp

카자흐스탄 빅 알마티

방법은 나중에 전화하면 자세히 알려주겠다고 한다. 전화는 워츠압 (WhatsApp)이라는 어플을 깔면 카카오톡처럼 무료 통화가 가능하다고 한다.

나중 이야기이지만, 이 앱을 깔아놓고 참으로 편리하게 사용하였다. 이곳 카자흐스탄이나 키르기스스탄, 조지아 아르메니아에서도 카카오톡 대신에 워츠압이라는 이 앱을 많이 사용하기 때문이다.

오늘은 빅 알마티 호수를 보기로 결정한다.

자네르카는 빅 알마티 가는 비용이 일인당 입장료 440텡게(1,400원)를 제외하고 택시비만 10,000텡게(약 31,000원)라고 하면서 택시를 불러줄까 묻는다.

빅 알마티 호수: 서쪽 산

10. 일체유심조(一切唯心造)라!

어제 길거리에서 알아본 바로는 20,000텡게라고 하던데…….

이 글을 읽으시는 분들은 반드시 관광안내소를 이용하시라! 길거리에서 흥정하는 것도 좋겠지만, 관광안내소에서 알선해주는 것은 절대 바가지를 쓰지 않기 때문이다.

물론 돈이 많다고 폼 잡고 싶거나, 길거리 택시기사와 실랑이하는 것을 즐겨하시는

빅 알마티 호수

분들은 그냥 길거리에서 택시를 타고 가시면 된다. 안 말린다.

자네르카가 불러준 택시 기사는 농아다.

시내를 벗어나 산으로 들어서니 좌우에 거대한 산들이 있는데, 안개가 자욱하여 잘 보이지 않는다.

카자흐스탄 빅 알마티

"이거 이러면 뭐 볼 수 있나? 아무것도 못 보고 내려오는 건 아닐까?"라는 생각이 든다.

산은 엄청 크고 높다. 그리고 고불고불 한참 올라간다.

기사가 내리라 손짓을 한다. 정말 1미터 앞도 제대로 안 보이는 곳에서 손짓으로 요리요리 가라고 한다. 자기는 여기에 차를 세워놓고 기다리겠단다.

큰 알마티 호수가로 걸어간다. 앞이 뿌옇다. 호수 물은 녹색인데 안개가 자욱하여 겨우 발끝에만 조금 보인다.

빅 알마티 호수: 안개 속의 설산

호숫가를 걸으며 사진을 몇 장 찍는다. 보이는 게 별로 없으니 안개만 찍는다.

호숫가를 따라 걷다가 되돌아 나온다.

에이, 이걸 보러 10,000텡게나 주고 여길 왔나?

대기하고 있던 차를 타니 내려가지 않고 다시 산위로 올라간다.

거의 꼭대기에 이르러 우리를 내려놓는다. 아까 우리가 간 길은 호숫가에 제일 가까운 길이고, 여기는 호수 위 큰길인 셈이다.

10. 일체유심조(一切唯心造)라!

빅 알마티 호수: 호수 위의 안개와 설산, 그리고…….

카자흐스탄 빅 알마티

길 한쪽으로는 차들이 많이 주차해 있다.

호수를 둘러싼 높은 산은 눈이 덮여 있는데 안개에 가려 희미할 뿐이다.

좀 더 기다리니 안개가 걷히기 시작한다.

빅 알마티 호수: 안개

안개가 걷히는 경치는 정말 비경이다. 비록 호수는 안개에 가려 보이지 않지만, 안개 위로 나타난 설산은 정말 그 위용이 대단하다.

안개는 걷히다, 다시 끼며 산자락을 휘감는다.

안개가 끼면 더욱 더 산은 신비롭다.

여기 올라오는 데 든 돈은 전혀 아깝지 않다. 아까까지는 아무것도 못보고 간다 생각

빅 알마티 호수: 물안개 속의 설산

하여 투덜거렸는데…….

사람이란 요렇게 간사한 것이다.

안개 때문에 경치를 못 본다고 투덜거리다가도 안개가 조금 걷혀 그것이 산자락을 휘감을 때는 그 안개 때문에 경치가 좋다고 한다.

일체유심조(一切唯心造)라! 모든 게 마음에 달려 있다는 말이 생각난다. 아니 마음이 아니라 눈이 간사한 거다.

허긴, 안개가 없을 때의 빅 알마티 역시 아름다울 것이다. 인터넷을 뒤져보니 정말 아름답다.

안개 끼지 않은 날 다시 한 번 오고 싶다.

큰길 옆 동산으로 올라 사진을 찍는다. 그리곤 길을 따라 주욱 올라

빅 알마티 호수와 동쪽 산

가 본다.

산을 돌아 올라가니 군인이 총을 들고 되돌아가라는 손짓을 한다. 키르기스스탄 국경인가? 가깝다던데…….

다시 내려온다.

저녁 식사는 역시 네델카이다.

메뉴에 쓰여 있는 것을 무엇인지도 모르고 주문한다. 나중에 웨이터가 들고 오는 것을 보고는,

"저게 뭐지?"

"낸들 아나?"

그러는 사이에 내 앞에 척 가져다 놓는다. 바로 내가 주문한 거다.

10. 일체유심조(一切唯心造)라!

레모네이드, 감자, 버섯 등 채소와 송아지 고기를 넣어 푹 끓인 항아리에 담아서.

그렇지만 이 집 명성에 걸맞게 시킨 요리는 맛있다. 잘 시킨 셈이다.

주내는 밥을 한 공기 시켜 놓고 들고 간 고추장 오징어볶음과 함께 먹는다. 맛있게 먹은 이름도 기억 못하는 음식과 밥 한 공기, 그리고 포도주 한 잔, 모두 2,800텡게, 약 9,000원이 안 되는 돈이다.

호텔로 돌아와 비슈케크의 호텔을 예약한다.

11. 깨끗한 화장실이 공짜라서 그런 거 아닐까?

2018년 10월 11일(목)

10시에 체크아웃. 10시 반 19번 트롤리 버스를 타고 사이란 버스 터미널(Sayran Bus Station)로 간다.

넷이서 가는 길이니 택시를 타고 갈 수도 있겠지만, 이 시간에 전혀 붐비지 않는 버스를 타고 가는 것도 여행의 한 방법이다. 돈도 절약할 겸 버스 체험을 해보는 것이다.

사이란 시외버스터미널에서 일인당 1,800텡게(약 5,500원) 주고 표를 끊어, 11시 11분에 출발하는 마슈르카라 부르는 18인승 승합차를 타고 키르기스스탄의 비슈케크(Bishkek)로 출발한다.

알마티 트롤리 버스 19번

비슈케크 가는 휴게소의 맞은편 풍력발전소

한 10분쯤 가서 교외로 나오자 차가 엄청 밀린다. 그 이유는 나두 모른다. 그렇지만 한 오 분 지나자 뻥 뚫린다.

1시 10분 전, 휴게소에 차가 선다.

휴게소는 그야말로 허허벌판에 세워져 있다. 저쪽으로 팔랑개비 풍력 발전소가 있다.

이 휴게소에서 점심을 먹는다. 밥과 샐러드, 그리고 주스 한 잔에 1,150텡게(약 3,500원)이다.

여기 화장실은 50텡게(약 150원)이다.

이곳은 화장실이 공짜가 아니다. 허긴 돈을 받고 화장실을 관리해주 면 깨끗해서 좋기는 하다만, 가끔 가다 보면 지저분하기 이를 데 없는 화장실도 있다. 돈만 받아 먹구! 얼마 안 되는 돈이지만.

키르기스스탄 비슈케크

비슈케크 가는 휴게소의 식당

이런 걸 보면 우리나라는 정말 좋은 나라이다. 어딜 가든 화장실은 공짜이다. 그리구 깨끗하다.

야들이 한국을 좋아하는 이유는 혹시 깨끗한 화장실이 공짜라서 그런 거 아닐까? 엉뚱한 상상을 해 본다.

1시 8분 출발한다.

왼쪽으로 보이는 높은 산들이 줄기차게 길기도 하다. 그러나 그 앞 구릉의 부드러운 곡선은 아름답다. 산은 결코 부드럽지 않지만 나름대로 아름답다.

누런 초원엔 가끔가다 말떼, 양떼, 소떼와 말 탄 목동이 어쩌다 보이고 촌락은 거의 보이지 않는다.

그 옛날 징기스칸이 이곳을 정복했다는데 이 땅을 가진들 어디에 써

먹을 수 있었을까? 과연 정복이 무슨 의미일까?

국경 도착 2시 반.

국경 통과는 별로 어렵지도 않고 시간이 많이 걸리지도 않는다. 우리나라 여권의 위력이 큰 탓이다.

이 선생 부부와 택시를 타고 예약했던 호텔로 간다. 가보니 전혀 기대 이하이다.

취소 요청을 확실히 해놓고 인터넷에서 그 다음 봐두었던 비바 호텔(Viva Hotel)로 간다.

국경에서 호텔까지 2,500텡게(약 8,000원) 주기로 하고 택시를 탔으나, 1,000텡게(약 3,100원)를 더 내놓으라고 난리다.

결국 1,000텡게 더 주고 만다.

카자흐스탄-키르기스스탄 국경

키르기스스탄 비슈케크

키르기스스탄 비슈케크: 거리 풍경

비바 호텔 리셉션의 청년이 자세히 관광정보를 제공해 준다.

일단 짐을 푼 다음 호텔에서 나와 달러를 키르기스스탄 돈으로 바꾼다.

그리고는 비라인(Bee-line)으로 가서 휴대전화의 유심칩을 바꾼다.

반 달 인터넷 사용료와 무료 통화에 290솜이다. 우리 돈으로 약 4,800원이다. 참 싸다.

이런 걸 보면, 우리나라 통신사들은 폭리를 취하고 있는 거다.

기름값은 리터당 43~45솜 곧, 우리 돈으로 대충 700원 남짓으로 카자흐스탄보다는 약간 비싸다.

그렇지만 길거리 옥수수 값은 예상외로 비싸. 옥수수 하나에 50솜, 약 800원이다.

11. 깨끗한 화장실이 공짜라서 그런 거 아닐까?

길거리에서 한국어를 전공한다는 아가씨를 만나 도움을 받는다. 케밥이 110솜인데(약 1,800원) 둘이 먹어도 충분할 정도로 양이 많다.

이제 날이 어두워진다. 포도 한 송이와 감 두 개(50솜: 약 800원)를 사고 물 한 병(25솜: 400원), 그리고 소고기 샤슬릭(120솜: 약 2,000원)을 사서 들고 온다.

키르기스스탄 브랜디 한 병에 150솜(약 2,400원)이란다. 좀 좋은 건 350솜(약 3,900원)이고.

참 싸다! 여기서 살고 싶다.

호텔로 돌아와 샤슬릭과 새로 사 온 브랜디를 한 잔 먹는다.

후식으로 감과 포도를 먹는다. 감도 맛있고 포도는 더 맛있다.

송이에서 한빛이 사진이 왔다. 언제 봐도 예쁘다.

참 좋은 세상이다.

이렇게 여행을 하면서 손주 녀석 사진을 받아볼 수도 있고 인터넷 무료통화를 통해 요 녀석 귀여운 움직임도 볼 수 있으니!

12. 인생을 즐기는 비밀

2018년 10월 12일(금)

11시 30분 비바 호텔을 출발하여 알라 아차 국립공원(Ala Archa National Park)으로 간다.

12시 16분 공원 입장료를 내야 하는 공원 입구에 도착한다.

차비는 4인 입장료 400솜(약 6,500원) 포함하여 3,400솜(약 6만원)이다. 입장료를 내고 입구에서 약 12킬로미터를 더 들어가면 주차장이 있다.

입구에서부터 공원 주차장까지 가는 길의 경치가 좋다. 멀리 구름 위로 설산이 보이고 가까이에는 노란 단풍든 나무들이 아름답다.

비슈케크: 알라 아차 국립공원

알라 아차 국립공원 내 호텔

여기에는 호텔 건물이 하나 있다.

가까이에 있는 주변의 산들은 조악한 바위산이다.

그렇지만, 이런 산도 어마어마하게 높고, 호텔과 어울리니 한 폭의 풍경화가 완성된다.

일단 호텔 식당에서 점심을 먹는다.

쌀밥은 60솜(약 1,000원)인데, 맨밥이 아니고 죽 비슷하게 나온다. 그냥 우리 공깃밥 같은 걸 주면 좋을 텐데…….

식당마다 주문하면 내오는 밥이 다르다.

수프(150솜: 약 2,500원) 두 개를 더 시킨다. 수프는 고깃국이다.

점심을 먹고, 허벅지에 문제가 생긴 주내만 남겨두고 이 선생 부부와 함께 산책길을 나선다.

키르기스스탄 알라 아차 국립공원

알라 아차 국립공원

여기서부터 폭포까지는 4km, 왕복 8km의 산길이니 빨리 걸어도 3시간 정도 걸릴 것이다. 텝시 고원(Tepshi Plato)까지는 1.8km이다.

일단 폭포 쪽으로 길을 잡고 걷는다. 맑고 차가운 공기를 마시며 눈 위를 걸으며 저 멀리 눈을 인 바위산을 향해 간다.

기분은 상쾌하다.

폭포까지는 어림없고, 텝시 고원까지는 갈 수 있으려나? 일단 가는 데까지 가보자.

산 중턱을 돌아가는 지점에서 초롱 씨는 주내에게 돌아가고, 이 선생은 계속 앞으로 나가고 있고, 나는 어찌할까 망설인다.

오른쪽은 경사가 7-80도 되는 낭떠러지이고, 그 밑은 큰 바윗돌들이 널려 있는 너덜겅이다. 너덜이 넓은 내를 이루고 있다.

12. 인생을 즐기는 비밀

너덜겅 상류 쪽으로는 눈을 인 엄청 높은 바위산이 위압적이다.

큰 내를 이루는 너덜겅 쪽에서 요걸 사진에 넣어도 괜찮겠다 싶다.

마침 갈림길이 나온다. 왼쪽으로는 계속 경사진 오름길이고, 오른쪽은 너덜겅 쪽으로 나 있는 샛길이다.

힘들게 오름길을 따라 폭포 쪽으로 올라갈 것 아니라 저쪽 너덜 쪽으로 가보자. 어차피 폭포까지는 못갈 것이니.

샛길로 길을 잡아 조금 가니 너덜 쪽으로 내려가는 길이 경사가 급한데 모래와 잔자갈이 많아 미끄럽다. 질못하면 미끄러져 저 밑으로 추락할 것이다.

어림잡아 저 밑에까지는 불과 6-7미터밖에 안 되어

알라 아차 국립공원: 너덜겅과 설산

키르기스스탄 알라 아차 국립공원

보이지만 미끄러졌다가는 큰일 나겠다 싶다.

젊다면 피부가 좀 벗겨지고 까지고 조금 멍들고 그러겠지만, 이 나이에는 다리가 부러질 수 있다. 그러면 그냥 침대에 누워 있다가 저 세상으로 가는 수가 있다.

그러니 조심해야 한다.

여길 어찌 내려가나?

길가의 잔 나무들의 가지를 잡고 뒷걸음쳐서 살살 내려가는 수밖에 없다. 그렇지만 막상 작은 관목의 가지를 잡아당기려는 순간 이 나무들이 가시나무라서 손으로 잡을 수가 없다는 것을 깨닫는다.

위에 입은 털옷의 소매를 잡아당겨 장갑처럼 손에 말고 잔가지를 잡은 뒤, 뒤로 서서 살살 내려가기 시작한다.

알라 아차 국립공원

12. 인생을 즐기는 비밀

알라 아차 국립공원

한두 발짝 쯤 내려가 발 디딜 곳을 찾아 발을 디디고 다른 나무의 잔가지를 옮겨 잡는다.

거기서 또 한 발 내려가는데, 이제는 가시나무도 없다.

이걸 우짜노?

누런 풀뿌리라도 잡는 수밖에 없는데, 정말 괜찮을까 싶다. 다행히 풀뿌리도 집아덩거보니 의외로 단단하다.

요것이 내 몸을 지탱해주어야 하는데, 그렇지 않으면 엎어진 채로 주욱 미끄러질 것이다.

그러면 내 얼굴은 온통 흙투성이 자갈투성이가 될 것이다. 아니 이 너덜겅을 닮게 되면, 성형외과 의사에게 본의 아닌 적선을 해야 할지도 모른다.

키르기스스탄 알라 아차 국립공원

알라 아차 국립공원

불과 6-7미터밖에 안 되는데…….

이것은 정말 잘못된 선택이었다. 불과 6-7미터밖에 안 되니 하고 깔본 것이 큰 잘못이다.

자연은 아무리 작은 것이라도 얕보면 안 된다. 조그마한 모기나 진드기에게 물려도 저승으로 가는 수가 있는 것처럼.

오르지도 내려가지도 못하는 상황 속에서 그래도 냉정하게 침착을 유지한다. 그렇지만 별 도움이 안 된다.

온 몸이 긴장하니 힘은 있는 대로 들고…….

어떻게 그 짧은 높이를 내려왔는지 모르겠다. 온 몸이 뻐근하다. 바지며, 털옷이며 온통 흙투성이다.

그렇지만 내 목숨을 건졌는걸! 하나도 아깝지 않다. 옷이야 세탁을

12. 인생을 즐기는 비밀

하든, 새로 사 입으면 될 일, 내 몸보다 중요하랴!

너덜겅으로 진입하는 데는 성공했으나, 이제 너덜겅을 건너 저쪽으로 가는 일이 까마득하다.

너덜겅의 큰 바위들을 껑충껑충 디디며 길을 찾는다. 길이 따로 있을 리가 없다.

갑자기 주내가 보고 싶다.

그냥 울어버릴 까?

운다고 해결될 거 같으면 벌써 울었을 거다. 여하튼 난 이런 위기에 처해서도 냉정하고 침착하다.

일단 사진을 찍는다.

이걸 보면 난 프로페셔널 사진작가이다. 죽음을 무릅쓰고 이런 모험을 하는 걸 보면.

목적을 달성했

알라 아차 국립공원

키르기스스탄 알라 아차 국립공원

으니 이제 이 너덜겅에서 탈출해야 한다.

그렇지만, 왜 이리 너덜겅이 넓어 보이는지······.

세상에 안 되는 일은 없다. 오르고 또 오르면 못 오를 리 없는 거라는데, 이 너덜겅도 가다 보면 끝이 있을 것이다.

너덜겅을 지나 숲으로 들어서니 길이 보인다.

그렇지만 가시나무들이 자꾸 앞을 막아선다.

난 목을 한없이 움츠린 채 이 가시나무 사이로 돌진한다. 가시나무의 가시와 빛바랜 잎사귀들은 털옷이 담당한다.

덕분에 여행을 위해 준비했던 새 털옷은 엉망이 되었다.

가시나무 덤불을 헤치고, 다시 너덜겅을 건너고, 그리고 또 가시나무 숲을 헤치고, 그러면서 주내가 있는 호텔 쪽으로 나는 걸었다.

알라 아차 국립공원: 다람쥐

12. 인생을 즐기는 비밀

알라 아차 국립공원

드디어 포장된 큰 길을 만난다.

만세라도 부를까 했으나, 한편으론 만세 부를 일도 아니라는 생각이 들어 그만 둔다.

트레일 코스는 포기하고, 큰 길에서 포장된 도로를 따라 걷는다. 여긴 걷기 편하다. 좌우로 둘러보는 경치도 삼삼하다.

가는 길에 다람쥐도 만난다. 우리나라 다람쥐와는 다르다.

진즉에 이쪽으로 올 걸.

편한 길로 높은 바위산들을 감상하며 걷다보니 진짜 작은 자갈들이 깔린 넓은 내가 나타나고 저쪽 오른쪽으로는 높은 산들이 겹겹이 솟아 있는 기막힌 경치가 나타난다.

이 선생은 폭포까지 갔다 올 것이다. 이 선생이 폭포는 보고 올지

키르기스스탄 알라 아차 국립공원

알라 아차 국립공원

몰라도 이 기막힌 경치는 보지 못할 것이다.

하느님은 이 세상에서 이것과 저것 모두를 주시지는 않는다. 하나를 선택하면 하나는 과감히 포기해야 한다. 그리고 포기한 것은 미련을 두지 말아야 한다.

요게 인생을 즐기는 비밀이다.

어차피 저 높은 산들의 꼭대기에 올라갈 것도 아니고, 밑에서 구경하는 것이라면 이 정도로도 충분하다.

기쁜 마음으로 주내에게로 돌아간다.

주내는 초롱 씨와 호텔 카페에서 차를 마시며 노닥거리고 있는 중이다. 사랑하는 남편이 생사의 기로에 서 있었다는 것도 모르고……

모르는 게 약이다. 알면 걱정만 했겠지!

그리고도 한 한 시간가량 기다리니 이 선생이 돌아온다. 폭포까지 갔다 왔다 한다.

4시 30분, 대기하고 있던 차를 타고 하산한다.

13. 여기에도 봉분이……

2018년 10월 12일(금)

내려가는 길의 가로수들이 잘 가꾸어져 있다.

이 나라나 카자흐스탄이나 잘 사는 나라는 아니지만, 길거리의 가로수만큼은 잘 가꾸어 놓았다. 칭찬해줄 만하다.

가다보니 왼편, 오른편으로 자작나무 숲이 훌륭하다.

잔가지에 붙어 있는 샛노란 이파리들과 바닥에 쌓인 누런 낙엽들, 그리고 그곳에서 물끄러미 쳐다보는 소, 그리고 이런 것들을 비춰주며 서산으로 넘어가는 해를 사진에 담는다.

저 소는 무엇을 생각하며 우릴 보고 있을까?

알라 아차 국립공원에서 나오는 길의 자작나무 숲

키르기스스탄 비슈케크

키르기스스탄 무덤의 봉분들

한참 가다보니 저쪽 길 쪽으로 대단위 공동묘지가 보인다. 차를 그쪽으로 몰고 가 잠간 세운다.

이 나라의 묘지는 울을 친 무덤과 함께 비석은 물론, 돌로 된 사당을 세워 놓기도 하고, 철로 된 지붕을 새장처럼 만들어 놓기도 한다. 어떤 것은 조그마한 모스크를 방불케 하는 사당도 있다.

가까이 가서 보니 울타리를 한 무덤들이 봉분을 하고 있다. 무덤에 봉분을 하는 것은 우리 민족밖에 없

13. 여기에도 봉분이…….

카자흐스탄 사티: 무덤의 봉분들

다고 들었는데…….

키르기스스탄뿐만 아니다. 카자흐스탄에서도 콜사이 호수 가기 위해 머물렀던 사티(Sati)에서도 봉분을 한 무덤들을 보았다.

그렇다면 이들과 우린 어떤 연관성이 있을까?

가까이 가 보니 봉분 위에는 한 자가 넘는 누런 풀들이 멋대로 자라 있어 을씨년스럽다.

어떤 무덤은 이 풀들에 불을 질렀는지, 무덤의 봉분이 새까맣게 타 있다. 아마도 여기에서는 불로 벌초를 하는 모양이다.

이제 비슈케크 시내, 마나스(Manas) 동상으로 간다.

아이케르 마나스는 키르기스스탄의 시조이다. 키르기스스탄의 영웅으로 동상만 세워져 있는 것이 아니라 뮤지컬로도 공연된다.

뮤지컬의 내용은 〈마나스 므라트르의 사악한 이야기와 종말〉에서 각색한 것으로서 대충 줄거리는 다음과 같다.

마나스는 1만 년 전 마나 성을 다스리는 왕이었는데, 백성들은 채식을 하고 마음이 착하여 평화롭게 살았다 한다.

그러던 어느 날 늑대를 토템으로 하는 므라트르 씨가 사냥을 하여 고기를 먹자 너도나도 고기에 맛을 들이게 되었는데, 고기를 먹은 백성들의 성정이 점점 사악해졌다고 한다.

마나스는 마나스 성을 버리고 일부 선한 백성들을 데리고 텡그리 칸 산으로 들어가 이 지역에 나라를 세웠다고 한다.

이런 전설은 므라트라라는 늑대를 신으로 섬기는 민족의 침략을 받아 마나스 성을 버리고 텡그리 산으로 도망간 것을 묘사한 것일지도 모른다.

이 나라 국기의 바탕은 붉은색인데, 유르트의 천정 무늬 위에 노란색 태양이 그려져 있다. 붉은색은 용기를, 노란 태양은 평화와 풍요로움을 의미한다. 햇빛의 빛살은 모두 40개인데 이는 키르기스스탄이 40개

키르기스스탄 국기와 국장

13. 여기에도 봉분이…….

부족으로 이루어졌음을 뜻한다.

국장에는 7개의 천산 봉우리 위에 해가 비치고, 그 아래 이식쿨 호수와 하얀 독수리가 그려져 있다.

7개의 천산봉우리는 텡그리, 곧 단군할아버지가 사시는 성스러운 곳을 상징하기도 하고 북두칠성을 상징하기도 한다.

산 아래의 검푸른

마나스 동상

호수는 이식쿨 호수인데, 마치 백두산 천지를 대신하는 듯하다. 이 호수와 흰 눈을 인 텡그리산을 백산흑수(白山黑水)로 보는 견해도 있다.

만약 이곳이 우리 단군할아버지의 고향이라면, 텡그리 산과 이식쿨이 백두산과 천지로 변형된 것은 아닐까?

어찌되었든 국기와 국장을 볼 때 이 나라는 해를 숭배하는 민족임을 알 수 있고, 이러한 점은 무덤의 봉분 풍속과 함께 우리 민족과의 깊은 연관성을 보여준다.

이 나라는 중앙아시아에서 정치적으로는 제일 선진국이다. 2005년

키르기스스탄 비슈케크

튤립 혁명 등 민주화운동에 힘입어 의원내각제가 성립된 민주주의 국가
이기 때문이다.

키르기스스탄 민족의 영웅, 마나스 동상 뒤로는 국립역사박물관이 있
고, 앞으로는 알라 투 광장(Ala Too Square)이 있다.

알라 투 광장 좌우에는 'ㄱ 과 ㄴ' 모양의 큰 건물들이 서 있는데, 나
중에 알고 보니 상가 건물이다.

역사박물관 뒤에는 렌닌 동상이 있고, 그 뒤로는 키르기스스탄 공화
국 정부 건물이 있으며 그 오른쪽에는 법원 건물이 있다. 그 뒤에는 정
부부서 건물들이 있
고, 마나스 동상 동
쪽으로는 러시아와
키르기스스탄의 우호
관계를 보여주는 큰
탑(Stella of Friend
ship of Nation)이
있고, 그 옆으로 의
회 건물이 있다.

국가 우호 기념탑

이 의회 건물 뒤
가 판필로프(Panfilov)
공원이다.

그러니 이곳은 키
르기스스탄 정치의
제일 중심부라 할 수

13. 여기에도 봉분이······.

하기식 끝내고 돌아가는 모습

있다.

여기만 보면 비슈케크 시내 구경은 다 한 거나 마찬가지이다.

이들을 빠른 걸음으로 다니면서 구경을 한다.

판필로프 공원에서 마나스 동상 쪽으로 오다보니 벌써 시간이 6시가 다 되어간다.

부시런히 동상 옆으로 오니 마침 하기식이 있어 군인들이 열을 맞추어 다리를 쩍쩍 올리며 걷는 모습이 보인다.

이런 걸 병정놀이라 해야 하나?

절도 있는 모습일 텐데 우스꽝스럽기도 하고 재미있기도 하다.

그래서인지 많은 사람들이 그 앞에서 사진기를 들고 구경하고 있다.

이것으로 오늘 볼 것은 다 봤다.

키르기스스탄 비슈케크

14. 이백(李白)이 태어난 곳이라고?

2018년 10월 13일(토)

"굳만땅!" 키르기스 사람들의 아침 인사이다.

9시 촐본 이타(Cholpon Ata)로 가기 위해 버스터미널로 출발한다. 택시비로는 2달러를 준다.

10시 비바 호텔 매니저 아디가 촐폰 아타 가는 택시를 잡아준다. 택시비는 1,400솜(약 23,000원 정도)이니 일인당 350솜이 든 셈이다.

약 220 km 떨어진 곳을 택시로 23,000원에 가는 셈이다. 참 싸다.

도로는 비교적 좋다. 역시 가로수는 잘 가꾸어져 있다.

시속 100km로 시원하게 달린다.

11시 반쯤 토크목(Tokmok)을 지나는데 타이어 펑크가 났다.

타이어에 펑크가!

이식쿨과 천산산맥

토크목은 키르기스스탄 북부에 위치한 츄이 주(州)의 수도이다. 교통의 요지로서 동서양을 잇는 실크로드의 중심 도시이며. 당나라 때의 시선(詩仙) 이백(李白·701~762)의 고향으로 알려져 있다.

물론 이백의 고향에 대해서는 중국 내에서도 후베이, 쓰촨, 간쑤 등 다양한 지역에서 연고권을 주장 중이다. 토크목도 이백의 고향 중 하나로 후보에 올라 있다.

이백의 아버지가 비단을 교역하는 부유한 무역 상인이었고, 쓰촨성 청두(成都)에서 태어났다는 말도 있으나, 한족(漢族)은 아니고 중앙아시아에 거주하는 호족(胡族) 출신인데, 비단 수출 전문 관원이 상주하는 청두로 이사하였다는 설도 있다.

또한 발해(진(振), 고려(高麗), 북국(北國), 말갈(靺鞨), 북적(北狄)이라고도 불렀다)에서 보내온 외교문서를 아무도 읽지 못하자 말갈어에 정통한 이백

키르기스스탄 출폰 아타

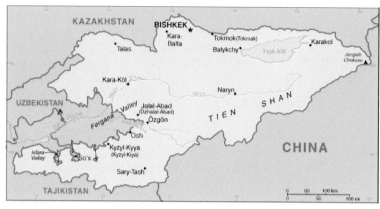

키르기스스탄 지도

을 불러 이백이 그것을 해석해 주었다는 주장도 있으니, 이백의 고향은
아마도 토크목이 맞을 듯하다.

토크목의 '목'은 '잇는 부분'을 뜻하는 말인데, 이태백의 고향이라니,
이 도시가 다시 새롭게 보인다.

역시 관광에는 스토리가 있어야 한다.

알아야 보이는 것이다.

이태백에 관심이 있으신 분들은 이곳에 머물며 이 양반이 태어난 곳
을 찾아보시라!

차를 길옆에 세우고 타이어를 교체한다.

12시쯤 다시 차는 달리기 시작하여 약 20여분 지나니 커다란 협곡
으로 들어간다. 좌우에 산들이 볼 만하다.

협곡을 지나 1시에 발릭치(Balykchy)에 도착한다.

이 도시를 지나치며 보니 왼쪽은 설산이고, 오른쪽은 무척 큰 이식
쿨(Issyk Kul) 호수다. 호수 너머는 또 설산이다.

14. 이백(李白)이 태어난 곳이라고?

이식쿨은 키르기스어로 으스켈(Ысык-Көл : Isıq-Köl): 정확하게는 ♀스켈)인데, '따뜻한 호수'라는 뜻으로, 중국 사서에는 열해(熱海)로 기록되어 있는 곳이다.

이 호수는 겨울에도 얼지 않는 호수이다. 호수 아래에서 뜨거운 물이 나오기 때문이다.

또한 바다 염분의 1/5에 해당하는 소금기가 있어 호수를 깨끗하게 만들어주고, 상처와 피부병 치료에 효과가 있다고 한다.

옛날에 비단길(실크로드)이 이 호수 동서로 이어져 있으니 이 호수는 비단길 가운데에 있는 제일 큰 오아시스이기도 하다.

이 호수 주변 곳곳에는 옛 도시의 유적이 남아 있다.

이시쿨이나 으스겔에서 '쿨, 켈'은 호수'를 뜻하는 말로서 '골, 콜,

촐폰 아타의 모스크

키르기스스탄 촐폰 아타

촐폰 아타: 북쪽의 설산들

갈, 칼' 등과 같은 무리의 말이다. 이시쿨이나 으스켈의 이시나 으스는 '으스'에서 온 말로 '으스'는 '아침', '해'를 뜻하는 말로서 '따뜻하다'는 뜻으로 발전한 듯싶다.

이 호수는 천산산맥 기슭 해발 1,600m에 위치한 염수호이고, 가로 길이가 180km, 세로 길이가 70km이며, 넓이는 6,200km²로 '페루와 볼리비아의 경계에 있는 티티카카(Titicaca)' 호수(약 8,300 km²) 다음으로 큰 산정 호수이다.

언뜻 보면 산정호수인가 의심스럽겠지만, 이 호수 아래위로 설산들 (북쪽은 쿤게이 알라토 산맥이고 남쪽은 테르스케이 알라토 산맥)이 이어져 있으니 산정호수임이 틀림없다.

한편 이 호수가 얼마나 큰가는 제주도 면적의 3배, 또는 충남과 충

북을 합친 면적 정도라고 하면 쉽게 그 크기를 짐작할 수 있다.

호수의 평균 깊이는 279m, 가장 깊은 곳은 702m라 한다.

이 호수의 형태는 우주에서 봤을 때 사람의 눈을 닮아 우주 비행사들이 깜짝 놀라 기절할 뻔했다고 한다.

그래서 이 '키르기스스탄의 바다'는 이후부터 '지구의 눈'으로 불리게 되었다.

이 호수에는 괴물이 산다는 말도 있고, 용이 눈물을 흘려 이 호수가 생겼다는 말도 있다.

한편 멀고도 먼 옛날 이 나라의 공주가 가난한 청년에게 흠따 빠져서 사랑을 하게 되었는데, 이를 안 임금님은 화가 나서 공주를 망루에 가두어 놓았다.

공주는 망루에서 설산을 보며 매일 눈물을 흘렸는데, 이

촐폰 아타의 숙소: 과일나무

키르기스스탄 촐폰 아타

눈물이 모여 이식쿨 호수가 되었고, 이 왕국은 이 호수 속에 잠겼다는 전설도 있다.

이 공주 참 눈물도 엄청 흘렸구만!

그래서 이 호수 아래에는 물에 잠긴 고대 왕국이 있다나~.

이 호수는 옛 소련 시절 외국인 출입 금지구역이었다고 한다. 소련 해군이 이곳에서 어뢰 발사 시험을 했기 때문이란다.

유네스코가 세계청정지역으로 지정한 이 아름다운 호수를 군사용으로 쓰다니, 고얀 놈들!

허긴 여기서 옛 소련을 탓할 것이 아니다. 우리나라에서도 부산 감만동 8부두에 미군이 생화학 실험실을 차려놓고 세균무기 실험을 하고 있다니, 남 말 할 때는 아닌 것이다.

촐폰 아타: 시장

14. 이백(李白)이 태어난 곳이라고?

여하튼 강하다는 나라가 못된 짓을 약한 나라에서 하는 것은 똑같지 않은가!

궁극적으로야 힘을 길러 이들을 내몰아야 하겠지만, 일단은 우리 국민들의 의식부터 깨어나야 한다.

1시 50분, 촐폰 아타(Cholpon Ata)의 숙소에 도착한다. 방 두 개에 1,000솜(16,000원)이니 각 방마다 약 8,000원짜리 게스트하우스이다.

샤워장과 화장실은 밖에 있으며 공용이라서 불편하지만, 8,000원짜리 치고는 괜찮다.

촐폰 아타의 '촐폰'은 샛별(금성)을, '아타'는 '아버지'를 뜻하므로 '샛별의 아버지'라는 뜻이다.

이 도시는 실크로드의 길목에 있는 이식쿨 호수 최고의 여름휴양지이다.

서유기에 나오는 삼장법사가 손오공, 저팔계, 사오정을 데리고 이곳에서 3개월 머물렀다는데 정말인지는 모르겠다.

불법을 구하러 가다 병이 났나?

한편 촐폰 아타를 어떤 이들은 졸본부여가 있던 곳이라고 주장한다. 졸본과 촐폰이 비슷한 발음이어서 그러는 모양이다.

물론 이런 주장에 대해 강단 사학자들은 "말도 안 되는 소리!"라고 무시하면서 단지 일부 재야 사학자들의 터무니 없는 주장으로 몰아붙이며 아예 상대를 안 하려 한다.

그렇지만, 서로 목청만 높여 싸울 게 아니라 이것이 사실인지, 아닌지는 이곳의 고고학 유물들을 통해서 밝혀낼 일이다.

늦은 점심을 먹으러 지도를 보며 호숫가 쪽 식당을 찾아 십 오 분쯤 걸어갔으나, 문을 닫고 없다. 비수기라서 안 하는 모양이다.

호숫가 가까이 가 봤으나, 멀리 남쪽의 눈을 인 천산산맥은 보이긴 하는데 흐릿하다.

다시 큰길로 걸어 나온다.

저 앞에 과일가게가 있어 물어보니 저쪽으로 가라고 한다.

가보니 커다란 시장이다.

일단 식당을 찾아 점심을 먹는다.

그리고는 다시 시장으로 가, 라면, 물, 포도, 자두, 요구르트, 토마토, 꿀, 모자를 산다.

저쪽 북쪽의 설산들이 정말 장관이다.

돌아오는 길에 빨간 단풍을 만난다.

게스트하우스로 돌아오니 사과를 한 아름 준다. 차도 끓여서 내주고. 주인아주머니가 참으로 친절하다.

저녁은 라면을 먹는다.

날씨가 갑자기 추워진다. 주인아주머니가 히터와 덮으라고 담요를 하나 더 가져다준다.

14. 이백(李白)이 태어난 곳이라고?

15. 저눔들도 경로우대인가?

2018년 10월 14일(일)

아침에 이식쿨 야외 박물관으로 간다.

입장료는 80솜(1,300원 정도)인데, 경로 우대를 받아 우린 무료로 돌아본다.

값은 얼마 안 되지만 무료로 들어갈 수 있으니 기쁘다.

이 선생 부부는 아직 젊다고 160솜(약 2,600원)을 냈음은 물론이다. 그래서 우린 더더욱 기쁘다. ㅎ.

늙는 건 서러우나, 대우를 받는 건 즐거운 일이다.

이런 거 생각하면 왜 빨리 안 늙었나 싶다. 허긴 내 맘대로 늙는 건

촐폰 아타: 야외박물관과 이식쿨, 그리고 설산들

키르기스스탄 촐폰 아타

촐폰 아타 야외박물관: 암각화 및 의식(儀式) 터의 돌 의자

아니니까~.

"그 돈이 얼마나 된다고 쩨쩨하게!"라고 생각하시거나 우리가 "공짜
되게 좋아한다!"고 비웃지는 마시라. 대신 우리는 조그마한 데서 즐거움
을 찾는 소박한 사람들이라는 걸 기억하시라.

야외 박물관은 무척 넓다.

그러나 언뜻 보기에는 그냥 돌들이 흐트러져 있는 벌판처럼 보인다.

역시 알아야 보이는 것이다. 고고학자들에게는 뵈는 것이 많겠지만,
범인의 눈에는 볼 것이 별로 없다.

그래도 눈에 들어오는 건, 바윗돌에 그려 놓은 선사시대 암각화이다.

설표(snow leopard)와 함께 다섯 마리의 산양을 사냥하는 모습이
처음 눈에 뜨인다.

15. 저놈들도 경로우대인가?

요런 건 우리 눈에도 보인다. 그렇지만 설명이 없이는 돌무더기가 눈에 안 들어온다.

매표소 젊은 이는 우리 부부를 공짜로 들여보내는 대신 여기서 놀고 있는 아이를 가이드로 붙여준다.

이 아이가 뭘 알겠냐마는 그래도 잘 되지 않는 영어로 더듬더듬 설명해 주는 것이 조금 도움이 되기는 한다. 여기는 무덤이고, 여기는 회의하던 곳이

출폰 아타 야외박물관: 암각화 및 무덤

키르기스스탄 출폰 아타

촐폰 아타 야외박물관: 양떼

고 등등.

워낙 넓어서 여길 다 돌아볼 수는 없다.

초롱 씨는 저쪽에서 말을 타고는 야외 박물관 밖으로 나간다. 아니 사실은 초롱 씨가 나간 게 아니라 말이 제멋대로 나간 것이다.

마부가 뛰어가서 말을 잡아 온다.

이 선생이 초롱 씨와 교대한다.

이제는 이것저것 한참 동안 열심히 고고학 공부를 하고 돌아온 내가 탈 차례다,

가이드 소년에게는 수고했다며 100솜(약 2,100원)을 팁으로 건넨다.

말을 타고 한 바퀴 돌아서 되돌아오니 12시가 넘었다.

말 탄 대가로 마부에게 역시 100솜(약 2,100원)을 건넨다.

15. 저놈들도 경로우대인가?

저쪽 편에서 양떼들이 떼 지어 몰려오더니 이 유적지의 풀을 뜯어 먹는다. 요놈들은 물론 입장료도 안 내고 식비도 안 낸다.

저눔들도 경로우대인가?

그래도 그것이 일상인 양 매표소 젊은이는 별 관심도 없다.

아니 유적지 관리를 이렇게 하다니…….

저눔들이 먹기만 하면 다행이겠으나 인풋(input)이 있으면 반드시 아웃풋(output)도 있는 법인데…….

요건 얼마든지 증명할 수 있다.

박물관 견학을 끝내고, 이제 돌아간다.

배가 출출하다.

돌아오는 길에 길가에 떨어진 호두를 깨먹고 꿀물을 마신다, 물론 점심도 먹었다.

키르기스스탄 촐폰 아타

16. 하루만 젊었어도!

2018년 10월 14일(일)

오후 1시 30분, 촐폰 아타에서 카라콜 가는 택시를 탄다. 일인당 250 솜을 주어야 한다. 넷이니 1,000솜이다.

여기에서 카라콜까지의 거리가 160km 밖에 안 된다는 것을 생각하면 택시비가 비싼 셈이다. 아니 비슈케크에서 촐폰 아타까지 우리가 참 싸게 온 것이다.

오른쪽은 호수와 호수 너머 설산, 왼쪽은 설산. 경치는 파노라마로 말 할 수 없다.

이 차는 한 팔십 가까운 노인네가 모는 아우디인데, 30년이 넘은 차

이식쿨 북쪽의 설산들

이식쿨 북쪽 길

량이다. 창문도 수동으로 올려야 하는데 뻑뻑하여 힘이 들 정도고, 여기저기 부식되어 있다. 굴러 가는 것이 신기할 정도다.

이 노인네는 시속 60km에서 80km로 달린다.

어제 비슈케크에서 촐본 아타 올 때의 젊은이는 100에서 120km의 속도로 달려 왔는데…….

이 속도라면 두 시간 예상했던 것이 적어도 세 시간 이상 걸릴 것이다.

천천히 가니 좌, 우, 앞의 경치 구경하기는 좋다만 이 차 역시 매연이 심한 게 좀 거슬린다.

오후 다섯 시 가까이 되어서야 카라콜(Karakol)의 게스트하우스 나이스(NIice)에 도착한다.

카라콜은 소련 연방이었을 때, 러시아 탐험가인 니콜라이 프르제발스키가 이곳에서 장티푸스로 사망한 것을 기려 프로제발스크로 불렀지만, 소련으로부터 독립 후 카라콜로 개명했다.

카라콜의 '카라'는 '검다'는 뜻이고, '콜'은 '물, 호수'라는 뜻이기에 '검은 호수'라는 뜻인데, 이곳에는 호수가 없다.

알고 보니, 진짜 '검은 호수'라는 뜻의 카라쿨(Karakul) 호수는 타지키스탄에 있으며 이 호수 주변에는 키르기스스탄 사람들이 많이 산다. 곧, 타지키스탄 천산산맥 한 가운데 파미르(Pamir) 공원 옆에 있는 호수이다.

위그르 말로 '얼음 산의 아버지'란 뜻을 가진 해발 7,546m의 무스타그 아타(Muztagh Ata) 산이 구름에 덮이면, 이 호수의 빛깔이 검게 변하는 까닭에 붙여진 이름이다.

우리말의 어원을 찾아서 파미르 공원과 카라쿨을 가보려 했지만, 이들이 모두 타지키스탄에 있어 가보지 못한다. 타지키스탄은 시간상으로 갔다가 올 수가 없다.

어차피 우즈베키스탄도 여행 일정에서 뺐으니, 이다음 타지키스탄과 함께 여행하기로 하고, 마음을 추스른다.

게스트 하우스 주인은 누른비라는 청년인데, 이곳저곳 관광할 곳을 알려준다.

우선 이곳에서 목적했던 알라 쿨(Ala Kul)은 요즈음 우리가 가기는 어렵단다.

설명을 들어보니, 비수기인지라 눈길을 4륜구동 차량으로 어느 정도 가더라도 그 다음부터는 적어도 대여섯 시간 이상 3,000미터가 넘는 고

카라콜의 식당

지를 오르락내리락해야 한다고 한다.

눈길에 트레킹하기에는 너무 험한 길이고, 우리 체력으로는 도저히 감당이 안 될 것 같다.

결국 '황금 호수'라는 이름의 해발 3,500미터에 있는 알라 쿨 호수와 '황금 온천'이라는 뜻의 일틴 아라샨(Altyn-Arashan)은 결국 포기한다.

천산산맥의 숨겨진 보물이고, 가장 아름다운 곳이라는데…….

아, 참 애석하다.

늙은 게 서럽다. 에이, 젊었을 때 와야 하는데……. 하루만 젊었어도!

이 글을 읽으시는 분들 중 젊은 분들은 우리가 가보지 못하고 사진으로만 감탄하던 이곳을 꼭 가 보셔서 우리의 원을 풀어주실 의무가 있

키르기스스탄 카라콜

다.

명심, 명심하시라!

우린 결국 포기하고 다음 목적지인 제티 오구즈(Jeti-Ögüz)를 거쳐 토소르(Tosor)의 페어리 테일 협곡(Fairy Tale Canyon)을 보러 가기로 결정한다.

저녁을 먹기 위해 노래와 공연을 한다는 식당을 찾아 택시를 타고 갔으나 비수기라서 공연은 안 한단다.

이 식당은 고급식당이라서 천정은 유르트의 천정으로 장식해 놓았고 깨끗하고 음식도 정갈하다. 그렇지만 비싸다.

뭐든지 굳 앤 배드(Good and Bad)가 있는 법이다.

주내는 면을 좋아하니, 이곳 전통음식이라는 우동 국수를 고기하고 볶은 '보쏘 라구만'이라는 음식을 시켜주고, 난 고기와 감자볶음으로 된 '꾸르닥'이라는 음식을 시킬까 하다가 생선이 있어 이식쿨에서 잡은 생선 튀김을 시킨다.

값은 좀 들었지만 맛있게 잘 먹는다.

17. 슈퍼맨!

2018년 10월 15일(월)

카라콜(Karakol)에서 25km 떨어진 제티 오구즈(Jeti Oguz)로 9시가 조금 넘어 출발한다.

9시 반쯤 은행에 들려 돈 100달러를 6920숨에 바꾼다.

가는 길에 보이는 왼쪽 설산들이 천산들이다.

들에는 양떼, 소떼, 말떼들이 풀을 뜯고 황량한 산 너머로 설산들이 보인다.

경치가 좋다.

제티 오구즈에는 10시쯤 도착한다.

카라콜에서 제티 오구즈 가는 길: 남쪽 설산들

키르기스스탄 제티 오구즈

제티 오구즈는 '7마리 황소'라는 뜻인데, 이곳은 붉은 사암으로 된 거대한 봉우리들이 황소 7마리를 닮았다고 하여 붙인 이름이다.

이런 이름이 붙여진 내력에 대해서는 다음과 같은 이야기가 전한다.

옛날 이 땅에 칸과 일곱 아들이 살았는데, 칸이 죽으면서 일곱 아들에게 일곱 마리의 황소와 재산을 공평하게 물려주었다.

그런데 요놈들이 서로 상대방 것을 빼앗으려고 지고박고 싸움박질을 하다 결국 칼과 몽둥이가 동원되고, 결국 서로 죽고 죽이는 비극이 발생하였다 한다.

이 끔찍한 싸움 끝에 죽으면서 이들이 흘린 피를 보고 마법사가 "에이, 미련한 놈들!" 하면서 황소 모양의 붉은 봉우리를 만들었다는 이야기이다.

제티 오구즈: 일곱 마리의 황소 바위

17. 슈퍼맨!

제티 오구즈: 찢어진 심장 바위

제티 오구즈에 들어서니 거대한 붉은 봉우리들이 보인다.

오른쪽으로 갈라진 심장 모양의 '찢어진 심장(broken heart) 바위'가 우리를 맞이한다.

그냥 두 개의 봉우리이지만, 실연한 어떤 젊은이의 눈에는 가슴이 찢어지는 듯한 아픔 때문에 심장이 둘로 쪼개진 것으로 착각하여 붙인 이름인 모양이라고 생각했는데 그게 아니었다.

이곳 전설에 따르면, 예쁜 마누라하고 알콩달콩 사는 왕이 있었는데, 이웃 나라 왕이 이 아름다운 왕비를 탐내 납치를 하여 두 나라 사이에 전쟁이 일어났다.

사랑하는 왕비를 빼앗긴 왕이 왕비를 돌려준다면 전쟁을 끝내겠다고 제안을 했는데, 빼앗은 왕은 어찌할까 하다가 "못 먹는 감, 찔러나 보자"

키르기스스탄 제티 오구즈

라는 못된 심보로 이 왕비를 죽여 그 시체를 돌려주면서 "돌려줬으니 전쟁은 그만!"이라고 선언해 버렸다 한다.

그래서 전쟁이 끝났냐고?

글씨, 그건 모르지~.

여하튼 이 하트 모양의 산봉우리에서 왕비의 가슴을 칼로 찔러 죽일 때 흘린 피가 이 바위봉우리를 두 조각냈고, 요것이 바로 '찢어진 심장' 바위 전설이다.

요런 향기롭지 못한 이야기는 이 나라 사람들의 '알라 카추'라는 풍속을 어느 정도 반영하고 있다.

'알라 카추'가 뭔가 하면, "붙잡아서 튀어라."라는 뜻인데, 유목민 시절의 약탈혼을 일컫는 말이다.

제티 오구즈에서 보이는 설산

17. 슈퍼맨!

제티 오구즈

우리나라에도 이와 비슷한 풍습이 있는데, 그것이 보쌈이다. 그러니 알라 카추는 키르기스스탄식 보쌈이라고 보면 된다.

실제로 2014년 키르기스스탄 정부에 의하면 일 년에 54,000쌍이 결혼하는데, 이 가운데 50%가 '알라 카추'에 의한 결혼식이라 한다.

지금은 물론 이런 약탈혼 풍습이 양가의 합의 하에 전통적인 퍼포먼스로 행해지고 있지만, 아직도 1년에 1만 쌍 이상이 자신의 의지와는 상관없이 전통이라는 미명하에 강제결혼의 피해자가 되고 있다 한다.

한편 여성의 순결에 대한 인식과 정조 관념 때문에 피해 여성들 가운데 약 80%의 여성들은 어쩔 수 없이 단념하고 그냥 산다고 한다.

짝사랑만 하고 장가들지 못한 젊은 남성들이나 양가 부모가 결사반대하는 젊은 연인들 사이에는 이러한 '알라 카추' 관습이 구세주일수는 있지만, 글쎄~.

"어찌되었든 이런 관습이 재미는 있겠다." 요렇게 이야기하고는 싶지만 이런 말은 함부로 하면 안 된다.

"사람은 말을 가려서 해야 한다."는 부모님 말씀이 아니더라도 이런 건 눈치로 안다.

운전기사는 일단 우리를 사나토리움(sanatorium)으로 안내한다. 사나토리움은 일종의 요양소로서 온천욕도 하고, 마사지도 받고, 오랫동안 머물며 심신을 다스리는 곳인데, 키르기스스탄에는 이런 요양소가 곳곳에 있다.

사나토리움으로 들어서자 정말 정원을 잘 가꾸어 놓았다.

특히 단풍철이라 그런지 노란색의 단

제티 오구즈 요양원: 자작나무 길

풍이 좋다.

이 요양원은 정말 잘 꾸며 놓았다. 수십 미터 높이의 자작나무가 양 옆에 도열해 있는 길도 있고, 우거진 향나무 가로수 때문에 어두컴컴한 길도 있고, 샛노란 단풍 아래에서 풀 뜯는 소도 있고, 물론 광천 약수터도 있다.

이 가운데 제일 기억에 남는 것이 자작나무 길과 노란 단풍 아래 한가한 소들이다.

제티 오구즈 요양원: 단풍과 소

이곳은 정말 세파에 찌든 몸과 마음을 힐링(healing)하기에는 딱 좋은 장소이다.

참고로 비용을 알아보니, 숙박비는 일인당 내국인 1,000숨(약 17,000원), 외국인 1,500숨(25,000원)이라는데, 네 끼 식사를 포함하고 광천수로 온천욕을 할 수 있다. 그러나 마사지는 따로 돈을 내야 한다.

키르기스스탄 제티 오구즈

제티 오구즈

이런 정보를 미리 알았다면, 카라콜에 숙박을 정할 필요 없이 이런 곳에서 며칠을 쉬다 가도 될 텐데……. 참고하시라!

운전기사인 OOO 씨는 나이가 60인데, 마누라가 셋 있다면서, 영어도 잘하고, 학사 학위도 있고, 여행도 많이 하고, 은퇴할 때까지 어떤 회사의 책임자로 있었다 한다.

대단한 사람이다.

이런 말을 하는 가운데 마누라가 셋 있다는 말을 듣자 그를 보고 "슈퍼맨!"하면서 엄지를 치켜든다.

그러자 이 선생이 갑자기

"존경합니다."라고 하면서 고개를 숙인다.

한편 부럽기도 하고, 한편 하나도 간수하기 힘든데 셋이라니 얼마나

17. 슈퍼맨!

힘들었겠는가라는 생각과 함께 불쌍하다는 생각도 들고, 다른 한편으로는 그런 힘든 역경을 이겨내고 여기 서 있는 게 갑자기 존경스럽기도 하다.

이 슈퍼맨은 우릴 이리 저리 안내하며 설명을 해 준다.

요양원에서 나와 이제는 제티 오구즈를 올라가봐야 한다.

슈퍼맨은 우리보고 요쪽으로 올라가 보고 오라 한다. 들어오던 길 오른쪽, 그러니까 요양원 맞은 편 언덕으로 오르는 길이다.

우리는 슈퍼맨의 말을 충실히 이행한다.

제티 오구즈: 봉우리　　　　제티 오구즈: 설산

제티 오구즈 마을

언덕 너머로는 붉은 바위 봉우리가 우람하게 서 있다.

언덕을 올라가 가까이에서 보니 정말 우람하다. 대단하다. 사진으로 볼 때에는 그러려니 했지만 실물을 대하고 보니 느낌이 전혀 다르다. 정말 멋있다.

눈앞으로는 붉은 거대한 모래바위 봉우리가 내려다보고 있고 그 밑으로는 가느다란 계곡이 있다.

저쪽 오른쪽으로 눈길을 돌리면, 이런 붉은 바위 봉우리가 아니라 저 멀리 저 멀리 흰 눈을 머리에 인 뾰족한 바위산이 보인다.

경치가 좋다.

올라온 언덕 아래를 내려다보면 제티 오구즈라는 마을이 노란 단풍속에 자리 잡고 있다.

17. 슈퍼맨!

18. 작은 일에 늘 기뻐하고 감사하는 사람들

2018년 10월 15일(월)

이제 제티 오구즈를 떠나 토로스(Toros)의 '동화 속의 협곡'이라 부르는 페어리 테일 협곡(Fairy Tale Canyon)으로 간다.

페어리 테일로 가는 길의 왼쪽 설산들이 너무 멋있다. 그 앞의 초원은 더없이 평화롭다.

입구 입장료는 50솜(약 800원)인데 지키는 사람이 없다. 비수기라서 그런 모양이다.

비수기가 좋을 때도 있다. 4명이니 200솜을 절약한 셈이다.

우린 너무 기쁘다.

제티 오구즈에서 페어리 테일 협곡 가는 길: 테르스케이 알라토 산맥

키르기스스탄 페어리 테일 협곡

페어리 테일 협곡에서 본 이식쿨과 쿤게이 알라토 산맥의 설산들

일인당 1,000원도 안 되는 작은 돈이지만, 공짜 아닌가!

공짜도 좋지만, 우린 작은 일에 늘 기뻐하고 감사하는 사람들이기 때문이다.

이 슈퍼맨 기사는 처음에는 입구에 차를 세워 놓고는 걸어가라고 한다.

주내는 허벅지 때문에 그냥 차에 남아 있겠다 하여 셋만 걷고 있는데, 얼마 안 되어 주내가 탄 차가 옆으로 와 타라고 한다.

다리가 아파 협곡 안을 구경하지 못하는 주내가 슈퍼맨의 눈에 안 돼 보였던 모양이다.

결국 우리는 차를 타고 협곡 안 깊숙이 들어가게 되었다.

우린 이 친절한 슈퍼맨 기사에게 감동하여 원래 정했던 차비에 500 솜(약 8,000원)을 더 얹어 주기로 했다.

18. 작은 일에 늘 기뻐하고 감사하는 사람들

페어리 테일 협곡

페어리 테일 협곡

키르기스스탄 페어리 테일 협곡

페어리 테일 협곡

페어리 테일 협곡

18. 작은 일에 늘 기뻐하고 감사하는 사람들

페어리 테일 협곡

이 협곡은 말 그대로 동화 속의 협곡이다. 붉은색 봉우리들과 흰색 바탕에 붉은 기가 도는 주름들로 이루어진 아름다운 협곡이다.

그렇게 큰 협곡은 아니지만 동화 속의 이야기처럼 아기자기하다.

이 협곡에서 봉우리에 올라가 뒤를 돌아보면 이식쿨 호수와 저 호수 건너 북쪽 쿤게이 알라토 산맥의 설산들이 보인다.

주내는 밑에서 구경을 하고 우리는 가파른 봉우리로 올라간다.

봉우리 위에 가니 저쪽으로 내려가는 길이 있는데, 경사는 더 가파르다. 툭 튀어나온 흙봉우리 위에 젊은이들이 올라가 폼을 잡는다.

이 흙봉우리 가까이에서는 몰랐는데, 내려오면서 이 봉우리를 돌아가며 사진을 찍으니 봉우리 위의 젊은이들이 위태위태하다.

"저 봉우리가 무너지면 어떡하나?"

사람은 한치 앞을 모른다. 봉우리에 올라설 때야 그저 그냥 봉우리일 뿐이다.

그렇지만 그 뒤편 밑에서 올려다보면 위험해 보이는 것이다. 봉우리 위에 선 젊은이는 이런 사실을 모른다. 그래서 용감하다.

'무식하면 용감하다.'는 말이 이를 증명한다.

반대로 알면 알수록 더 겁이 나는 것이다.

앎이 행동의 제약을 불러오는 것이다.

그래서 모르는 것도 덕이 있고 아는 것도 덕이 있으며, 때론 모르는 것이 흠이 되기도 하고, 아는 것이 흠이 되기도 한다.

이런 걸 보면, 하느님은 참 공평하시고도 교묘하시다. 사물이나 현상의 앞뒤에 선과 악을 교묘히 숨겨 놓으신 것이다.

페어리 테일 협곡

18. 작은 일에 늘 기뻐하고 감사하는 사람들

페어리 테일 협곡

키르기스스탄 페어리 테일 협곡

페어리 테일 협곡

이 봉우리들만 그런 게 아니다.

원자력도 평화리에 잘 쓰면 득이 되지만, 전쟁에 이용하면 악이 된다. 밥도 적당히 먹으면 살이 되고 힘이 되지만, 너무 먹으면 탈이 난다.

모든 이치가 이와 같다.

결국 사람들이 어찌하느냐에 따라 아무 죄도 없는 물건이나 사물들의 운명이 선악으로 갈리는 것이다.

오후 1시 반, 페어리 테일이 있는 토소르(Tosor)에는 지도에 지명이 있지만, 묵을 곳이 없어 토소르 가기 전의 마을인 탐가(Tamga)로 되돌아간다.

탐가는 관광안내도에 큰 글씨로 되어 있어 큰 도시인 줄 알았더니 해변 도로에서 2km 정도 산 쪽으로 들어와 있는 조그만 마을이다.

18. 작은 일에 늘 기뻐하고 감사하는 사람들

산 쪽으로 들어가는 입구의 황량한 언덕 위에는 퇴역한 전투기가 한
대 놓여 있다.

우리가 묵은 '라 닷챠'라는 게스트하우스 매니저는 케이트라는 백인
계 처녀인데, 식당을 물어보니 없다고 한다. 아니 있는데 비수기라서 식
당을 닫았다는 것이다.

동네 구경도 할 겸 슈퍼마켓으로 가 만두, 쌀, 요구르트, 주스, 라면
등을 산다.

라면을 끓여 먹고, 만두를 쪄 먹는다, 만두가 기름지어 먹기에 역겹
지만……

이 민박집은 샤워장과 화장실 모두 집 밖에 있어 볼 일을 보려면 밖
으로 나가야하니 춥고 불편하기 그지없다.

내일 묵을 호텔을 정하고 잔다.

전투기

키르기스스탄 페어리 테일 협곡

19. 저 분은 뉘신지?

2018년 10월 16일(화)

아침 6시에 샤워하러 갔더니 물이 안 나온다. 부엌도 마찬가지다. 아마 어디선가 수도관을 잠근 모양이다.

새벽부터 매니저를 깨우기도 안돼서 그냥 들어와 눕는다.

탐가 사나토리움: 가로수

정말 불편하다.

8시에 케이트를 만나 물어보니, 이 마을 전체가 다 수도가 끊겼다고 한다. 종종 그렇단다.

사전 정보에 의하면 키르기스스탄은 자원은 빈약하여 기름 등을 수입하지만, 물이 좋고 수량이 풍부하여 이웃 나라에 수출한다던데……

아마도 더 많이 수출하려고 그러나?

아침 먹기 전 산보를 나간다.

케이트에게 볼만한 경치를 물어보니 여기에도 사나토리움이 있다며 가는 길을 가르쳐준다.

찬바람을 맞으며 운동 삼아 걷는다.

이곳에 있는 사나토리움 역시 정원은 잘 가꾸어 놓았다. 단풍든 정원이 아름답다.

사나토리움 너머 풀 한포기 없이 주름진 얼굴을 한 흙산들이 겹겹이 있고, 그 너머로 멀리 흰 눈을 미리에 인 천산산맥이

탐가 사나토리움: 단풍

고봉들이 일부 구름에 가린 채 보인다.

이곳저곳 사진기를 들이밀고, 풍경을 담는다.

다시 게스트하우스로 와 아침을 먹고 짐을 싼다.

여행은 짐을 싸는 일의 연속이다.

10시에 게이트가 자기 차로 2km 떨어진 버스정류장까지 데려다 준

키르기스스탄 탐가

탐가 들어가는 입구의 이식쿨 호수 풍경

다. 고맙다.

이식쿨 호숫가 풍경을 찍으며 버스를 기다린다.

버스가 언제 올지 모른다. 그리고 빈자리가 있을지도 모른다.

결국 기다리다 네 사람이 지나가는 차를 잡아타고 예약해 놓은 호텔로 가기로 한다.

여기에 택시가 있을 리가 없다. 지나가는 차도 대부분 한두 명씩 타고 있지 빈차로 가는 차는 없다.

두 부부가 각각 지나가는 차를 세워 타고 가기로 했다.

초롱이네 먼저 차를 태워 보낸다.

우린 그 다음에 오는 차를 얻어 타고 간다. 물론 공짜는 아니다. 얼마를 주었는지 기억이 나진 않지만, 차 주인과 협상하여 버스 값보다 두

19. 저 분은 뉘신지?

세 배쯤 되는 돈을 주었을 것이다.

이식쿨 호수를 따라 달리는 길가 풍경은 정말 환상이다.

오른쪽 호숫가에 있는 나무들의 단풍든 풍경, 푸른 호수, 그리고 호수 너머로 아득히 보이는 흰 눈을 이고 있는 설산들!

조금 가다보니 황량한 산 위에 어떤 분이 부처님처럼 앉아 계신다. 저 분은 뉘신지?

기사 말로는 마나스 씨라고 하는데, 정말인지는 모르겠다.

마나스 씨는 이 나라의 건국자이자 영웅인데, 왜 저기 앉아 계시는고?

바람도 찬 텐데…….

이를 지나 차는 미국 유타 주에서 본 산들과 비슷한 산을 향해 가고 있

뉘신지?

탐가에서 발락차 가는 길: 산

탐가에서 발락차 가는 길: 양떼

19. 저 분은 뉘신지?

탐가에서 발락차 가는 길: 양떼

다.

길 왼쪽에는 양떼들이 풀을 뜯는다.

이번에는 양 옆의 키 큰 나무들이 가로수로 서 있는 돌 한가운데로 양떼가 지나가고 있다.

느긋하게!

참, 고놈들!

우리나라에선 볼 수 없는 풍경이기에 재미있는 볼거리이다.

그럭저럭 30달러에 예약을 해 놓은 발릭치(Balykchy)의 호텔에는 1시에 도착한다.

짐을 풀어놓고 점심을 먹으러 나간다.

싸다. 닭 8조각 150솜(약 2,500원). 또띠야 100솜(1,700원)이다.

발락치라는 도시와 설산들

식사 후 송쿨(Song-Kul)에 가까운 호텔을 정하려 했으나, 호수 부근의 유르트 등은 시즌이 지나서 문을 닫았고, 코치콜에서 숙박을 해야 할 듯하다.

일단 코치콜(Kochkol)에 가서 송쿨 가는 걸 알아보는 수밖에 없는 듯하다.

이럴 줄 알았다면, 오늘 아예 코치콜까지 가는 건데……

버스정류장으로 가는데 찬바람이 너무 차다.

호수는커녕 버스정류장까지 가는 것도 힘들다.

다행히 버스 정류장은 호텔에서 얼마 멀지 않다.

버스 정류장에 가니 코치콜 가는 택시가 많이 있다.

코치콜 가는 택시비를 알아보니 1,000솜(약 17,000원)을 달라고 한

19. 저 분은 뉘신지?

다.

거리상으로 볼 때, 800솜도 비싼 듯한데…….

지금이라도 갈 수는 있는데, 일단 호텔에 짐을 풀어 놓았으니 오늘은 여기서 쉬고 내일 떠나야 한다.

20. 물 수출국가의 위신이 말이 아니다.

2018년 10월 17일(수)

최악이다.

여섯시 일어나 샤워하려 했으나 물이 안 나온다. 화장실 물도, 샤워 물도!

그냥 참고 참다가 8시에 주인을 불러 물 이야기를 했더니, 이 도시 전체가 그렇다고 둘러댄다.

그렇담 시 수도국에 전화라도 해야지, 세수도 못하고 이게 뭔가?

9시 반까지 기다려도 물이 없으니 환장하것다.

어제 탐가(Tamga)의 민박집에서도 그러더니 연속 이틀째 물이 안

발락치 시외버스 터미널 뒤의 설산들

20. 물 수출국가의 위신이 말이 아니다.

오르토 토코이 저수지

나오다니…….

그래도 탐가의 민박집 처녀는 식수로 쓰는 큰 물통을 두 개나 주면서 임시로 쓰라고 했는데, 이 호텔은 전혀 아무런 조치가 없다.

에이~.

항의를 해보나 호텔 여주인은 꿈쩍도 않는다.

이러고도 어찌 호텔을 하나?

물 수출 국가가 원래 이런 건가? 키르기스스탄은 자원이 빈약하나 천산에서 흘러드는 눈 녹은 물 풍부하여 물을 수출하고 생필품과 기름을 수입하는 나라라던데…….

수출하기 위해 어지간히도 물을 아끼는 모양이다.

이건 물 수출국가로서의 위신이 말이 아니다.

키르기스스탄 발릭치

코치콜 지나서의 풍경

계획을 변경하여 나린(Naryn)으로 가기로 한다.

택시를 대절하여 타고 발릭치를 벗어나니 오른쪽으로 호수가 보인다. 오르토 토코이 저수지(Orto Tokoy Reservoir)이다.

녹색의 호수에선 물안개가 피어오르며 뒷산을 그윽하게 휘감으며 신선이 사는 곳으로 만들어준다.

안개란 대단한 존재이다.

없으면 별것 아닌 것도 안개로 보일 듯 말 듯 가려주면 그것은 훌륭한 경치가 된다. 같은 것이지만 같은 것이 아닌 것으로 만들어주는 신비의 마술사이다.

어쩌면 사람들의 훔쳐보고자 하는 욕망, 일종의 관음증을 만족시켜주기 때문은 아닐까?

20. 물 수출국가의 위신이 말이 아니다.

어찌되었든 안개나 구름은 본질에 다가서려는 우리의 욕망을 노골적으로 방해하면서도 은근히, 조금씩 충족시켜주는 무시 못 할 존재인 것이다.

이런 경치도 괜찮긴 한데, 흔들리며 달리는 차 속에서 유리창 너머로 사진을 찍자니 정말 숙달된 기술이 필요하다.

이 호수를 지나 코치콜(Kochkol)을 지나 차는 남쪽으로 내려간다.

가는 길은 환상이다.

눈이 만들어낸 그림! 어느 예술가가 이런 그림을 그릴 수가 있는가! 자연만이 그릴 수 있는 그림이다,

그리고 달리는 차속에서 보는 것이어서 시시각각 변화하는 예술품이다!

돌론 재를 넘으며

키르기스스탄 나린

나린 가는 길: 협곡

나린 가는 길: 흙산

20. 물 수출국가의 위신이 말이 아니다.

나린 가는 길: 말떼

2시 10분, 해발 3038미터의 눈에 쌓인 돌론 재(Dolon Pass)를 넘는다.

차는 커다란 바위산 가운데로 눈길을 달린다.

가는 길은 험악한 바위산에 눈이 덮인 광경도 있고, 둥글고 누런 어머니 젖 같은 부드러운 흙산 한쪽으로만 눈이 덮여 부드럽고 포근한 풍경을 보여주기도 한다.

아니면 멀리 짙은 푸른색 높은 산이 눈 속에 빛나기도 하고, 포근한 누런 흙산에 양떼와 말떼가 풀을 찾아 뜯는 풍경도 있다.

눈이 구릉의 한쪽에만 쌓여 곡선의 윤곽을 뚜렷이 보여주고, 음양의 입체감을 보여준다.

모든 것이 너무 아름답다.

키르기스스탄 나린

창밖으로 셔터만 누르면 작품이 된다.

사진도 많이 찍었다.

나린으로 여정을 잡은 것은 정말 잘한 일이다.

(〈중앙아시아 여행기 2: 천산이 품은 그림 2〉로 이어짐)

20. 물 수출국가의 위신이 말이 아니다.

책 소개

* 여기 소개하는 책들은 **주문형 도서(pod: publish on demand)**이
므로 시중 서점에는 없습니다. 교보문고나 부크크에 인터넷으로 주문하
시면 4-5일 걸려 배송됩니다.

http//pubple.kyobobook.co.kr/ 참조.

http://www.bookk.co.kr/store/newCart 참조.

여행기(칼라판)

〈일본 여행기 1: 대마도, 규슈〉 별 거 없다데스! 부크크. 2020. 국판 202
쪽. 14,600원.

〈일본 여행기 2:고베 교토 나라 오사카〉 별 거 있다데스! 부크크. 2020.
국판 180쪽. 13,700원.

〈타이완 일주기 1: 타이베이, 타이중, 아리산, 타이난, 가오슝〉 자연이 만
든 보물 1. 부크크. 2020. 국판 208쪽. 14,900원.

〈타이완 일주기 2: 헝춘, 컨딩, 타이동, 화렌, 지룽,타이베이〉 자연이 만든 보물 2. 부크크. 2020. 국판 166쪽. 13,200원.

〈동남아시아 여행기: 태국 말레이시아〉 우좌! 우좌! 부크크. 2019. 국판 234쪽. 16,200원.

〈인도네시아 기행〉 신(神)들의 나라. 부크크. 2019. 국판 132쪽. 12,000원.

〈중앙아시아 여행기 1: 카자흐스탄, 키르기스스탄〉 천산이 품은 그림 1. 부크크. 2020. 국판 182쪽. 13,800원.

〈중앙아시아 여행기 2: 카자흐스탄, 키르기스스탄〉 천산이 품은 그림 2. 부크크. 2020. 국판 180쪽. 13,700원.

〈조지아, 아르메니아 여행기 1〉 코카사스의 보물을 찾아 1. 부크크. 2020. 국판 184쪽. 13,900원.

〈조지아, 아르메니아 여행기 2〉 코카사스의 보물을 찾아 2. 부크크. 2020. 국판 174쪽.

〈조지아, 아르메니아 여행기 3〉 코카사스의 보물을 찾아 3. 부크크. 2020. 국판 174쪽.

〈마다가스카르 여행기〉 왜 거꾸로 서 있니? 부크크. 2019. 국판 276
　　쪽. 21,300원.

〈러시아 여행기 1부: 아시아〉 시베리아를 횡단하며. 부크크. 2019. 국판
　　296쪽. 24,300원.

〈러시아 여행기 2부: 모스크바 / 쌩 빼쩨르부르그〉 문화와 예술의 향기.
　　부크크. 2019. 국판 264쪽. 19,500원.

〈러시아 여행기 3부: 모스크바 / 모스크바 근교〉 동화 속의 아름다움을
　　꿈꾸며. 부크크. 2019. 국판 276쪽. 21.300원.

〈유럽 여행기: 동구 겨울 여행〉 집착이 삶의 무게라고. 부크크. 2019.
　　국판 300쪽. 24,900원.

〈북유럽 여행기: 스웨덴-노르웨이〉 세계에서 제일 아름다운 곳. 부크크.
　　2019. 국판 256쪽. 18,300원.

〈포르투갈 스페인 여행기〉 이제는 고생 끝. 하나님께서 짐을 벗겨주셨노
　　라! 부크크. 2020. 국판 200쪽. 14,500원.

〈미국 여행기 1: 샌프란시스코, 라센, 옐로우스톤, 그랜드 캐년, 데스 밸
　　리, 하와이〉 허! 참, 이상한 나라여! 부크크. 2020. 국판 328쪽. 2
　　7,700원.

〈미국 여행기 2: 캘리포니아, 네바다, 유타, 아리조나, 오레곤, 워싱턴〉 보면 볼수록 신기한 나라! 부크크. 2020. 국판 278쪽. 21,600원.

〈미국 여행기 3: 미국 동부, 남부. 중부, 캐나다 오타와 주〉 그리움을 찾아서. 부크크. 2020. 국판 288쪽. 23,100원.

〈멕시코 기행〉 마야를 찾아서. 부크크. 2020. 국판 298쪽. 24,600원.

〈페루 기행〉 잉카를 찾아서. 부크크. 2020. 국판 250쪽. 17,000원.

〈남미 여행기 1: 도미니카 콜롬비아 볼리비아 칠레〉 아름다운 여행. 부크크. 2020. 국판 262쪽. 19,200원.

〈남미 여행기 2: 아르헨티나 칠레 파타고니아〉 파타고니아와 이과수. 부크크. 국판 270쪽. 20.400원.

〈남미 여행기 3: 브라질 스페인 그리스〉 아름다운 여행. 부크크. 2020. 국판 262쪽. 17,700원.

여행기(흑백판)

〈중국 여행기 1: 북경, 장가계, 상해, 항주〉 크다고 기 죽어? 교보문고 퍼플. 2017. 국판 211쪽. 9,000원.

〈중국 여행기 2: 계림, 서안, 화산, 황산, 항주〉 신선이 살던 곳. 교보문고 퍼플. 2017. 국판 304쪽. 11,800원.

〈베트남 여행기〉 천하의 절경이로구나! 교보문고 퍼플. 2019. 국판 210쪽. 8,600원.

〈태국 여행기: 푸켓, 치앙마이, 치앙라이〉 깨달음은 상투의 길이에 비례한다. 교보문고 퍼플. 2018. 국판 202쪽. 10,000원.

〈동남아 여행기 1: 미얀마〉 벗으라면 벗겠어요. 교보문고 퍼플. 2018. 국판 302쪽. 11,800원.

〈동남아 여행기 2: 태국〉 이러다 성불하겠다. 교보문고 퍼플. 2018. 국판 212쪽. 9,000원.

〈동남아 여행기 3: 라오스, 싱가포르, 조호바루〉 도가니와 족발. 교보문고 퍼플. 2018. 국판 244쪽. 11,300원.

〈터키 여행기 1〉 허망을 일깨우고. 교보문고 퍼플. 2017. 국판 235쪽.
9,700원.

〈터키 여행기 2〉 잊혀버린 세월을 찾아서. 교보문고 퍼플. 2017. 국판
254쪽. 10,200원.

〈시리아 요르단 이집트 기행〉 사막을 경험하면 낙타 코가 된다. 부크크.
2019. 국판 268쪽. 14,600원.

〈유럽여행기 1: 서부 유럽 편〉 몇 개국 도셨어요? 교보문고 퍼플. 2017.
국판 217쪽. 10,400원.

〈유럽여행기 2: 북유럽 편〉 지나가는 것은 무엇이든 추억이 되는 거야
교보문고 퍼플. 2017. 국판 213쪽. 9,100원.

여행기(전자출판.)

〈일본 여행기 1: 대마도, 규슈〉 별 거 없다데스! 부크크. 2019. 전자출
판. 2,000원.

〈일본 여행기 2: 오사카 교토, 나라〉 별 거 있다데스! 부크크. 2019. 전
자출판. 2,000원.

〈중국 여행기 1: 북경, 장가계, 상해, 항주〉 크다고 기 죽어? 부크크.
　　2019. 전자출판. 2,000원.

〈중국 여행기 2: 계림, 서안, 화산, 황산, 항주〉 신선이 살던 곳. 부크크.
　　2019. 전자출판. 2,000원.

〈타이완 일주기 1〉 자연이 만든 보물 1. 부크크. 2019. 전자출판. 2,000
　　원.

〈타이완 일주기 2〉 자연이 만든 보물 2. 부크크. 2019. 전자출판. 1,500
　　원.

〈동남아 여행기 1: 미얀마〉 벗으라면 벗겠어요. 부크크. 2019. 전자출
　　판. 2,000원.

〈동남아 여행기 2: 태국〉 이러다 성불하겠다. 부크크. 2019. 전자출판.
　　2,000원.

〈동남아 여행기 3: 라오스, 싱가포르, 조호바루〉 도가니와 족발. 부크크.
　　2019. 전자출판. 2,000원.

〈동남아 여행기 1: 수코타이, 파타야, 코타키나발루〉 우좌! 우좌! 부크
　　크. 2019. 전자출판. 2,000원.

〈태국 여행기: 푸켓, 치앙마이, 치앙라이〉 깨달음은 상투의 길이에 비례한다. 부크크. 2019. 전자출판. 2,000원.

〈인도네시아 기행〉 신(神)들의 나라. 부크크. 2019. 전자출판. 2,000원.

〈중앙아시아 여행기 1: 카자흐스탄, 키르기스스탄〉 천산이 품은 그림 1. 부크크. 2019. 전자출판. 2,000원.

〈중앙아시아 여행기 2: 카자흐스탄, 키르기스스탄〉 천산이 품은 그림 2. 부크크. 2019. 전자출판. 2,000원.

〈조지아, 아르메니아 여행기 1〉 코카사스의 보물을 찾아 1. 부크크. 2019. 전자출판. 2,000원.

〈조지아, 아르메니아 여행기 2〉 코카사스의 보물을 찾아 2. 부크크. 2019. 전자출판. 2,000원.

〈조지아, 아르메니아 여행기 3〉 코카사스의 보물을 찾아 3. 부크크. 2019. 전자출판. 2,000원.

〈러시아 여행기 1부: 아시아 편〉 시베리아를 횡단하며. 부크크. 2019. 전자출판. 2,500원.

〈러시아 여행기 2부: 모스크바 / 쌩 빼쩨르부르그〉 문화와 예술의 향기. 부크크. 2019. 전자출판. 2,500원.

〈러시아 여행기 3부: 모스크바 / 모스크바 근교〉 동화 속의 아름다움을 꿈꾸며. 부크크. 2019. 전자출판. 2,500원.

〈북유럽 여행기: 스웨덴-노르웨이〉 세계에서 제일 아름다운 곳. 부크크. 2019. 전자출판. 2,500원.

〈유럽 여행기: 동구 겨울 여행〉 집착이 삶의 무게라고. 부크크. 2019. 전자출판. 3,000원.

〈터키 여행기 1〉 허망을 일깨우고. 부크크. 2019. 전자출판. 2,500원.

〈터키 여행기 2〉 잊혀버린 세월을 찾아서. 부크크. 2019. 전자출판. 2,500원.

〈시리아 요르단 이집트 기행〉 사막을 경험하면 낙타 코가 된다. 부크크. 2019. 전자출판. 2,500원.

〈마다가스카르 여행기〉 왜 거꾸로 서 있니? 부크크. 2019. 전자출판. 2,500원.

〈미국 여행기 1: 샌프란시스코, 라센, 옐로우스톤, 그랜드 캐년, 데스 밸리, 하와이〉 허! 참, 이상한 나라여! 부크크. 2020. 전자출판. 3,000원

〈미국 여행기 2: 캘리포니아, 네바다, 유타, 아리조나, 오레곤, 워싱턴〉 보면 볼수록 신기한 나라! 부크크. 2020. 전자출판. 2,500원.

〈미국 여행기 3: 미국 동부, 남부. 중부, 캐나다 오타와 주〉 그리움을 찾아서. 부크크. 2020. 전자출판. 2,500원.

〈멕시코 기행〉 마야를 찾아서. 부크크. 2020. 전자출판. 3,000원.

〈페루 기행〉 잉카를 찾아서. 부크크. 2020. 전자출판. 2,500원.

〈남미 여행기 1: 도미니카 콜롬비아 볼리비아 칠레〉 아름다운 여행. 부크크. 2020. 2,000원.

〈남미 여행기 2: 아르헨티나 칠레 파타고니아〉 파타고니아와 이과수. 부크크. 2020. 2,000원.

〈남미 여행기 3: 브라질 스페인 그리스〉 아름다운 여행. 부크크. 2020. 2,000원.

우리말 관련 사전 및 에세이

〈우리 뿌리말 사전: 말과 뜻의 가지치기〉. 재개정판. 교보문고 퍼플. 2020. 국배판 916쪽. 61,300원.

〈우리말의 뿌리를 찾아서 1〉 코리아는 호랑이의 나라. 교보문고 퍼플. 2016. 국판 240쪽. 11,400원.

〈우리말의 뿌리를 찾아서 1〉 코리아는 호랑이의 나라. e퍼플. 2019. 전자출판. 247쪽. 4,000원.

〈우리말의 뿌리를 찾아시 2〉 아내는 해와 같이 높은 사람. 교보문고 퍼플. 2016. 국판 234쪽. 11,100원.

〈우리말의 뿌리를 찾아서 3〉 안데스에도 가락국이……. 교보문고 퍼플. 2017. 국판 239쪽. 11,400원.

수필: 삶의 지혜 시리즈

〈삶의 지혜 1〉 근원(根源): 앎과 삶을 위한 에세이. 교보문고 퍼플. 2017.
국판 249쪽. 10,100원.

〈삶의 지혜 2〉 아름다운 세상, 추한 세상 어느 세상에 살고 싶은가요?
교보문고 퍼플. 2017. 국판 251쪽. 10,100원.

〈삶의 지혜 3〉 정치와 정책. 교보문고. 퍼플. 2018. 국판 296쪽. 11,500
원.

〈삶의 지혜 4〉 미국의 문화, 교보문고 퍼플. 근간.

기타

4차 산업사회와 정부의 역할. 부크크. 2020. 국판 84쪽. 8,200원, 전자책
2,000원.

지은이 소개

- 송근원

- 대전 출생

- 여행을 좋아하며 우리말과 우리 민속에 남다른 애정을 가지고 있음.

- e-mail: gwsong51@gmail.com

- 저서: 세계 각국의 여행기와 수필 및 전문서적이 있음